KB265775

임진왜란시 호남 의사의 기록, 1626년 송광사 간행 목판본 발굴

호남의록 · 삼원기사 湖南義錄 · 三寃記事

역주자 신해진(申海鎭)

경북 의성 출생
고려대학교 국어국문학과 및 동대학원 석·박사과정 졸업(문학박사)
현재 전남대학교 인문대학 국어국문학과 교수
저역서 『심양사행일기』(보고사, 2013)
　　　『17세기 호란과 강화도』(역락, 2012)
　　　『남한일기』(보고사, 2012)
　　　『광산거의록』(경인문화사, 2012)
　　　『강도일기』(역락, 2012)
　　　『병자봉사』(역락, 2012)
　　　『남한기략』(박이정, 2012)
　　　『한국고전소설의 이해』(공저, 박이정, 2012)
　　　『떠난 사람에 대한 그리움의 미학, 애제문』(보고사, 2012)
이외 다수의 저역서와 논문

호남의록·삼원기사 湖南義錄·三寃記事

초판 1쇄 발행　2013년 5월 6일
원 저 자　안방준
역 주 자　신해진
펴 낸 이　이대현
책임편집　권분옥
펴 낸 곳　도서출판 역락
주　　소　서울 서초구 반포4동 577-25 문창빌딩 2층
전　　화　02-3409-2060(편집부), 2058(영업부)
팩　　스　02-3409-2059
등　　록　1999년 4월 19일 제303-2002-000014호
이 메 일　youkrack@hanmail.net

정　　가　15,000원
I S B N　978-89-5556-046-6 93810

* 파본은 교환해 드립니다.
* 저자와의 협의에 의하여 인지는 생략합니다.

이 도서의 국립중앙도서관 출판시도서목록(CIP)은 서지정보유통지원시스템 홈페이지(http://seoji.nl.go.kr)와 국가자료공동목록시스템(http://www.nl.go.kr/kolisnet)에서 이용하실 수 있습니다.(CIP제어번호: CIP2013004458)

임진왜란시 호남 의사의 기록, 1626년 송광사 간행 목판본 발굴

호남의록 · 삼원기사 湖南義錄 · 三寃記事

安 邦 俊 원저
申 海 鎭 역주

역락

　이 책은 1626년 송광사(松廣寺)에서 간행한 목판본 ≪호남의록·삼원기사(湖南義錄·三寃記事)≫를 저본으로 삼아 주석하고 번역한 것이다. 이 목판본은 조선대학교 도서관에 소장(청구기호 : 929-ㅎ551)되어 있다. 그런데 도서관에서 제공하는 도서정보를 보면, “저자불명, 조선(서울), 발행처불명, 발행년미상, 1冊 : 四周雙邊 半郭 19.7×12.3cm. 7行 15字. 內向3葉花紋魚尾. 注雙行 ; 26.6×16.2cm”라며 소개하고 있다. 저자 불명이라고 했지만, 안방준이 저자임은 분명했다. 그 가운데 나의 눈을 사로잡은 것은 ‘삼엽화문어미(三葉花紋魚尾)’이었다. 비교적 이른 시기의 목판본일 가능성이 있었기 때문이다. 후배 이상원 교수에게 자료 확인을 부탁하였더니, 상당한 고생을 한 끝에 알려준 것은 생각 이상이었다. 그 자료는 지금 주로 활용하는 ≪은봉전서(隱峯全書)≫(1864) 권8에 수록된 자료의 모본인 셈이었다. ≪은봉전서≫로 증보 간행하는 데에 초석이 된 1773년의 ≪우산집(牛山集)≫보다도 빠른 것이었다. 1626년 송광사에서 간행한 <호남의록>과 <삼원기사>가 합철된 한적(漢籍)이었던 것이다. ‘湖南義錄終 天啓丙寅(1626) 順天縣 松廣寺刊’과 ‘三寃

記事終 丙寅秋 順天 松廣寺刊'이 뚜렷하였다.

이 목판본 한적은, 1805년 안방준의 후손 안처옥(安處鈺)과 안명기(安命紀)가 작성한 <우산선생연보(牛山先生年譜)>에 의하면 1615년에 <호남의록>·<임정충절사적(壬丁忠節事蹟)>·<삼원기사> 등 3편의 글을 지은 것으로 되어 있는 바, <임정충절사적>을 빼고 간행한 것이다. 짐작컨대, <임정충절사적>은 송상현(宋象賢) 및 김여물(金汝岉)·유극량(劉克良)·변응정(邊應井)·이잠(李潛)·신호(申浩) 등의 충절사적을 기록한 것이지만, 호남 인물들의 충절사적을 한 권으로 묶으려는 의도에 부합하지 않아서 빼고 나머지 2편을 합철하여 간행했던 것 같다. 그런데 이 3편이 연보에는 1615년에 지은 것으로 나오나, 한국학중앙연구원 정구복 명예교수에 의하여 지적되었듯 오류이다. <호남의록>의 발문을 보면 안방준이 만력 무오년(1618)에 쓴 것으로 되어 있을 뿐만 아니라, 그 발문에 윤근수(尹根壽, 1537~1616)의 죽음을 언급하고 있는데 그의 몰년이 1616년이기 때문이다. 그리고 이번에 발견된 한적에는 <삼원기사>가 언제 지었는지 알 수가 없으나, 서울대학교 규장각한국학연구원에도 필사본 <삼원기사>가 소장되어 있는 바, 조선대학교 한문학과 정길수 교수가 교수되기 이전에 작성한 그 '해제'를 보면 '萬曆紀元戊午(1618)孟秋, 竹山安邦俊敬書'라는 후지(後識)가 있다고 한다. 이로써 <호남의록>과 <삼원기사>는 분명히 1618년에 지은 것임을 알 수 있다. 따라서 1618년에 지은 <호남의록>·<삼원기사>를 한 권으로 묶어 1626년 순천현(順天縣) 송광사에서 목판본으로 간행하였고, 1630년에 <호남의록>의 서문을 조익으로부터 받은 것임이 확연하게 드러났다.

우산 안방준(安邦俊, 1573~1654)이 일생 동안 벼슬에 나아가지 않고 재야에서 의병을 그것도 호남의 의병에 관한 글을 주로 저술하였음은 주지의 사실이다. 특히, 그가 사림 위주의 의병장을 기록한 특징은 이번 목판본 한적의 글에서도 고스란히 그대로 드러난다.

<호남의록>은 최경회 이하 16인의 절의를 지키다 순절한 의병들의 전기이다. 당시로는 잘 알려지지 않은 의병들이었다. 원래 1607년 무렵에 월정 윤근수를 만나 대화하는 도중, 월정이 임진왜란 때 의롭게 죽은 자로서 고경명과 김천일 이외에는 들어본 적이 없다고 하자, 우산이 최경회 이하 10여 명의 언행과 사적을 아뢰니, 월정이 그들의 기사를 써서 보내주면 서발(序跋)을 붙여 길이 전해지도록 하겠다고 했는데, 차일피일 미루다가 월정의 뜻을 받들지 못한 채 월정이 세상을 떠나는 바람에 그를 추모하여 지었다고 한 일화에서 확인할 수 있다. <호남의록>에는 이들의 출신지, 경력, 전사한 과정 등이 기록되었다. 따라서 조정을 비롯한 중앙에서 주목하지 못했던 지방 의병의 활동이 전해질 수 있는 계기를 마련했다는 점에서 값진 글이라 하지 않을 수 없을 것이다.

<삼원기사>는 호남출신인 김덕령(金德齡), 김응회(金應會), 김대인(金大仁) 등 세 사람이 무고로 죽은 사실을 밝힌 글이다. 김덕령이

임진왜란 당시 의병장으로서 용맹을 떨치며 눈부신 활약을 하였지만, 조정에서 왜군과 강화(講和)를 모색하느라 진군(進軍)을 중지하라고 내린 명령에 맞서 여러 차례 출진(出陣)을 청하다가 경상우병사 김응서 등으로부터 모반에 가담했다는 모함을 받아서 옥사(獄死)하게 된 과정을 비교적 자세하게 서술하고 있다. 또 김덕령의 매형인 김응회가 김덕령에게 의병을 일으키도록 권유하고 그 자신이 김덕령의 막하 참모로서 활약했는데 어머니의 안질을 낫게 하려다가 옥에 갇혔을 뿐만 아니라 정유재란 때 왜적의 칼날에 어머니를 지키려다 같이 죽은 효성(孝誠), 김덕령과 함께 반역죄로 몰려 모진 고문에도 끝내 굴복하지 않은 의연한 모습과 더불어 고문에 의해 고통스러울망정 그 비명 소리를 임금의 귀에 들리게 할 수 없다는 충군(忠君), 출옥한 다음날에는 비방과 모함을 받아 석고대죄하고 있는 스승 우계(牛溪) 성혼(成渾)을 전혀 꺼리지 않고 아들을 시켜 문안토록 하여 스승에 대한 도리를 다하는 모습 등을 서술하였다. 끝으로 천민 출신 무관으로서의 의병장 김대인이 이순신 막하에서 전공을 세운 일, 능성현에서 백성들을 왜적으로부터 구했지만 능성현령 이희간의 모함을 받은 일, 좌수사 이유직의 비행을 가지고 다투다가 의금부에 투옥되었는데 옥졸이 뇌물을 청하자 이를 거절하고 피를 토하고 죽었다는 원통한 이야기 등을 서술하였다. 요컨대, 정길수 교수의 지적대로, <삼원기사>는 임진왜란 중 억울한 죽음을 당하고 만 영웅들을 기리는 한편, 당시 이들을 죽음에 이르게 했던 인물들을 일일이 거명하고 있는 데서 뚜렷한 포폄의식을 확인할 수 있다.

이 글들을 1864년 ≪은봉전서≫ 권8에 수록된 글들과 비교해보니, 약간의 자구 출입만이 확인되었다. 그 가운데 변개 이전의 글자들이 바람직한 경우도 없지 않았으나, 글자의 단순 변개는 크게 문제시할 정도는 아니었다. 하지만 안방준이 전하고자 했던 적실성을 훼손한 경우는 그렇지가 않은 것으로 생각된다. 예컨대, <삼원기사>을 보면 김덕령이 여러 차례 나아가 왜적을 치고자 하나 일본과 강화를 모색했던 조정이 허락하지 않았던 데다 또한 전공을 세울까 시샘하는 무리들이 들끓었기 때문에 마음이 병이 되어 술을 마시다가 죄를 범한 자의 목을 베는 대목이 나온다. 이번 목판본에는 "隣邑有一人犯罪"로 되어 있으나 ≪은봉전서≫에는 "軍中有一人犯罪"로 되어 있는 바, '이웃고을'과 '의병군'이 의미하는 바의 차이는 지대한 것이리라. 안방준이 생전에 자편(自編)하여 간행한 글을 훼손한 것은 결코 바람직하지 못한 것이다. 이번 목판본 발굴은 이처럼 변개의 근원을 확인할 수 있게 하였다.

그리고 ≪은봉전서≫에 수록된 글들에 대한 기존의 번역서가 이미 나와 있다. 하지만 주석이 보다 풍부할 필요가 있었고 번역도 심심치 않게 오역이 있었다. 이에, 보다 더 정교한 번역, 풍부한 주석을 하는 것으로써 질적 차이를 꾀할 수밖에 없었다. 그래야만 앞선 업적을 제대로 이어받는 것이 아니랴. 이 책에 나름대

로 최선을 다한다고 했지만 어쩌면 의도하지 않은 실수나 잘못 등
이 있을 수도 있는 바, 대방가의 질정을 청하는 바다.

　<호남의록>의 말미에서 안방준이 강희열, 오유, 오빈, 김인혼
등 4인의 사적은 <진주서사(晉州敍事)>에 자세하다고 한 바, <진
주서사>를 '참고자료'로 보충하였으며 아울러 주석하고 번역하였
다. 다만 <진주서사> 말미에 후기가 있는데, 1849년 간행한 일본
판 가영본(嘉永本)과 1864년 ≪은봉전서≫ 권7의 수록본 사이에는
많은 차이가 있다. 누군가가 대폭 첨삭하는 등 가필을 한 것이라
면 바람직하지 못한 현상이다. 이는 해당 전공자들의 구명해야 할
몫으로 남겨두고 번역하지 않았다.

　이제 이 책을 상재하자니, 1626년 송광사에서 간행한 목판본을
영인할 수 있도록 허락해 준 조선대학교 도서관 유진철 관장께 감
사의 마음을 전하게 된다. 감사의 말씀을 드리는 바이다. 귀한 자
료로 말미암아 책이 빛나게 되었다. 끝으로 편집을 맡아 수고해
주신 역락 가족들의 노고로 책이 또한 빛나게 되었으니 심심한 고
마움을 표한다.

2013년 5월 빛고을 용봉골에서

무등산을 바라보며 신해진

차 례

〈삼원기사 三冤記事〉

일러두기

이 책은 다음과 같은 요령으로 엮었다.

1. 번역은 직역을 원칙으로 하되, 가급적 원전의 뜻을 해치지 않는 범위 내에서 호흡을
   간결하게 하고, 더러는 의역을 통해 자연스럽게 풀고자 했다.
2. 이 책은 내용을 알기 쉽도록 주석을 풍부히 하는 가운데, 기존 번역서를 참고하여 재
   번역한 것이다. 참고한 기존 번역서는 다음과 같다.
     이상익·최영성 역, 『은봉야사별록』, 아세아문화사, 1996.
     안동교 역주, 『국역 은봉전서』(Ⅰ), 신조사, 2002.
3. 원문은 저본을 충실히 옮기는 것을 위주로 하였으나, 활자로 옮길 수 없는 古體字는
   今體字로 바꾸었다.
4. 원문표기는 띄어쓰기를 하고 句讀를 달되, 그 구두에는 쉼표(,), 마침표(.), 느낌표(!),
   의문표(?), 홑따옴표(' '), 겹따옴표(" "), 가운데점(·) 등을 사용했다.
5. 주석은 원문에 번호를 붙이고 하단에 각주함을 원칙으로 했다. 독자들이 사전을 찾지
   않고도 읽을 수 있도록 비교적 상세한 註를 달았다.
6. 주석 작업을 하면서 많은 문헌과 자료들을 참고하였으나 지면관계상 일일이 밝히지
   않음을 양해바라며, 관계된 기관과 여러분들께 진심으로 감사드린다.
7. 이 책에 사용한 주요 부호는 다음과 같다.
   1) (   ) : 同音同義 한자를 표기함.
   2) [   ] : 異音同義, 出典, 교정 등을 표기함.
   3) "   " : 직접적인 대화를 나타냄.
   4) '   ' : 간단한 인용이나 재인용, 또는 강조나 간접화법을 나타냄.
   5) < > : 편명, 작품명, 누락 부분의 보충 등을 나타냄.
   6) 「 」 : 시, 제문, 서간, 관문, 논문명 등을 나타냄.
   7) ≪ ≫ : 문집, 작품집 등을 나타냄.
   8) 『 』 : 단행본, 논문집 등을 나타냄.

〈호남의록 湖南義錄〉

호남의록 서문 湖南義錄序

　　오호라! 임진년의 재앙이 참으로 참혹하였다 할 것이다. 삼경(三京 : 경주, 한양, 평양)은 폐허가 되고 팔도(八道)도 마구 짓밟혔다. 대가(大駕)는 멀리 용만(龍灣 : 의주)에 가 있었고 장차 조만간 압록강(鴨綠江)을 건너가야 할 형편이었으니, 국가가 멸망하지는 않았지만 그 위태롭기가 한 올의 머리카락 같았다. 이때에 의리를 따라 죽은 사람이 하나 둘 셀 수가 없을 정도이지만, 호남에 있어서는 제봉(霽峯) 고경명(高敬命)과 창의사(倡義使) 김천일(金千鎰)이 초야에서 일어나 맨 먼저 의병을 일으켰다가 모두 왜적에게 죽었다. 그 밖에도 의분을 참지 못하고 떨쳐 일어나 관군을 따르기도 하고 의병을 따르기도 하면서 죽음으로 내닫는데도 아랑곳 않은 자가 앞뒤로 계속 이었다. 이는 그들이 행한 사업의 크기와 인품의 됨됨이가 비록 더러 같지 않았을망정, 명백히 한 번 죽는 것을 달갑게 여기고 요행히 살아남기를 바라지 않은 것은 똑같았다. 그들의 꿋꿋한 충성심과 크나큰 절개[精忠大節]는 모두 위로 밝은 해를 꿰뚫는 듯했으니, 오호라! 존경스럽도다.

나의 벗인 안군 사언(安君士彦 : 안방준의 자)이 병사(兵使) 최경회(崔慶會) 이하 16인의 사적(事蹟)들을 기록하여 한 권의 책을 만들고, 그 이름을 ≪호남의록(湖南義錄)≫이라 하였다. 당시 국내에서 절의로 죽은 사람이 어찌 한정이 있으랴. 그럼에도 유독 호남인만을 기록한 것은 안군이 호남에 있으면서 문견(聞見)을 통해 터득한 것이 상세하였기 때문이다. 그런데 제봉이나 창의사 같은 분은 절의로 죽은 일이 이미 널리 알려져서 우리나라 사람들의 이목에 환하였고 천하에 전해지기까지 하였기 때문에 이 책에는 싣지 않았다. 다만 이 16인은 관명(官名)이나 지위가 그다지 중하지 않고 더러 항오(行伍) 사이에 끼어 있기도 하여, 절의로 죽은 일이 멀리 전해질 수가 없었으니 묻혀서 사라질까 염려되었을 것이다.

오호라! 사람이 살면서 그 누군들 제 몸을 아끼지 않겠는가? 심지어 녹봉이나 재물은 <욕망의 대상이 되는> 외물(外物)인데도 사람들이 늘 탐하여 구하기를 그치지 않으며, 구하더라도 또 잃어버릴까 염려하는 것은 다름 아니라 자신의 몸을 봉양하기 때문이다. 자신의 몸을 봉양하는 외물조차도 오히려 아끼고 버리지 못하거늘, 하물며 소중한 자신의 몸이야 어떠했겠는가. 절의를 중하게 여겨 자신의 몸을 기러기 털처럼 가벼이 여겼으니, 뜻있는 선비와 어진 사람[志士仁人]이 아니고서는 능히 이와 같이 할 수 있었겠는가. 이 16인은 그 뜻이 어찌 높고 크지 않으랴. 자신의 몸을 오히려 이와 같이 가벼이 여겼으니, 하물며 외물에 대해서임에랴. 저

죽을 때까지 이록(利錄)에만 골몰하던 자들은 이 의로운 선비들의 풍도를 듣게 되면 부끄러워함이 적지 않을 수 있으랴. 공자가 말씀하시기를, "한 해가 저물어 추워진 뒤에야 소나무와 잣나무가 뒤늦게 시드는 것을 안다.(歲寒然後, 知松柏之後凋也.)"고 하였는데, 소나무와 잣나무가 비록 굳세고 뛰어난 자품을 지녔을지라도, 봄이나 여름에는 그 모습이 범상한 초목들과 별반 다르지 않다가, 다만 한겨울이 되어서야 그 뛰어난 자품을 마침내 볼 수 있을 뿐이다. 이 16인의 경우는 평소에 지조와 절개가 실로 남보다 훨씬 뛰어난 것이 있었기 때문에 세상과 필시 뜻이 불합(不合)하여 때를 만나지 못하고 있었을 것이다. 그렇지 않았다면 나라가 위태로운 때에 목숨을 능히 버릴 수가 있단 말인가. 대저 그들은 세상에 태어나서 이미 곤궁하였으면서도 국난을 맞아 죽는 것을 마치 제 집에 돌아가는 것처럼 하였으니, 그 절의로 죽은 일이 참으로 슬프다 하겠고, 또한 세상이 어진 사람에게는 박절하다는 것을 보게 된다. 그러나 그들의 입장에서 말하자면, 인(仁)을 구하고 인을 얻었으니 그들이 또 무엇을 원망했겠는가. 오호라! 그들이야말로 어질도다.

안군(安君)은 이미 중봉(重峯 : 조헌의 호) 선생의 유문(遺文)과 사적(事蹟)을 편집하고 ≪항의신편(抗義新編)≫을 만들어 세상에 전한 바 있다. 이제 또 이 ≪호남의록(湖南義錄)≫을 만들었으니, 안군이 절의를 사모함은 참으로 지극하고, 그의 마음씀은 참으로 부지런하

다. 충신과 의사의 높고 큰 사적이 장차 이 의록 덕분에 없어지지
않게 되었으니, 사람이 마땅히 지켜야 할 바를 가르침에 그가 공
을 세움이 자못 큰 것이요, 이 16인도 역시 지하에서 감격의 눈물
을 흘릴 것이로다.

안군이 이미 이 의록을 간행에 부치고는 천리 먼 곳에서 서찰을
경사(京師 : 서울)로 급히 보내어 나에게 서문을 청하였다. 나는 이
미 의사들의 사적에 감동을 받았던 데다 또 안군의 의리에 감격하
여서 끝내 글이 형편없다는 펑계를 감히 대지 못하고 삼가 책머리
에 이와 같이 쓰게 되었다.

숭정 경오년(1630) 중춘(음력 2월)에

홍문관 부제학 조익(趙翼)이 삼가 서문을 쓰다

湖南義錄序

嗚呼! 壬辰[1]之禍, 可謂酷矣。三京[2]丘墟, 八道魚肉[3]。大駕越在龍灣[4], 將朝暮渡江, 國家之不亡, 其危如一髮耳。于時, 死義之人, 不可一二數, 而其在湖南, 則高霽峯[5]·金倡義[6], 起於田野, 首

---

1) 壬辰(임진) : 1592년. 임진왜란을 일컫는다.
2) 三京(삼경) : 東京, 南京, 西京을 가리킴. 곧, 경주, 한양, 평양이다.
3) 魚肉(어육) : 짓밟고 으깨어 아주 결딴낸 상태를 비유적으로 이르는 말.
4) 龍灣(용만) : 義州의 별칭.
5) 霽峯(제봉) : 高敬命(1533~1592)의 호. 본관은 長興, 자는 而順, 호는 苔軒. 아버지는 대사간 高孟英이며, 어머니는 진사 徐傑의 딸이다. 1552년 진사가 되었고, 1558년 식년문과에 장원으로 급제해 成均館典籍에 임명되고, 이어서 공조좌랑이 되었다. 그 뒤 홍문관의 부수찬·부교리·교리가 되었을 때 仁順王后의 외숙인 이조판서 李樑의 전횡을 논하는 데 참여하고, 그 경위를 이량에게 몰래 알려준 사실이 드러나 울산군수로 좌천된 뒤 파직되었다. 1581년 영암군수로 다시 기용되었으며, 이어서 宗系辨誣奏請使 金繼輝와 함께 書狀官으로 명나라에 다녀왔다. 이듬해 서산군수로 전임되었는데, 明使遠接使 李珥의 천거로 從事官이 되었으며, 이어서 종부시첨정에 임명되었다. 1590년 承文院判校로 다시 등용되었으며, 이듬해 동래부사가 되었으나 서인이 실각하자 곧 파직되어 고향으로 돌아왔다. 1592년 임진왜란이 일어나 서울이 함락되고 왕이 의주로 파천했다는 소식을 전해들은 그는 각처에서 도망쳐온 官軍을 모았다. 두 아들 高從厚와 高因厚로 하여금 이들을 인솔, 수원에서 왜적과 항전하고 있던 廣州牧使 丁允佑에게 인계하도록 했다. 전라좌도 의병대장에 추대된 그는 종사관에 柳彭老·安瑛·楊大樸, 募糧有司에 崔尙重·楊士衡·楊希迪을 각각 임명했다. 그러나 錦山전투에서

事擧義, 俱死於賊。 其餘慷慨奮發, 或從官軍, 或從義旅, 趍趍死而
不顧者, 前後相望。 此其人事業之大小, 人品之精粗, 雖或不同, 至
其明白甘於一死, 不求幸生則一也。 其精忠大節, 皆可上貫白日,
嗚呼其敬矣。

夫吾友安君士彦7), 記崔兵使慶會以下十六人事蹟爲一書, 名曰

패하였는데, 후퇴하여 다시 전세를 가다듬어 후일을 기약하자는 주위의 종용을
뿌리치고 "패전장으로 죽음이 있을 뿐이다."고 하며 물밀듯이 밀려오는 왜적과
대항해 싸우다가 아들 인후와 유팽로·안영 등과 더불어 순절했다.

6) 倡義(창의) : 倡義使. 金千鎰(1537~1593)의 칭호. 본관은 언양, 자는 士重, 호는
健齋·克念堂. 1573년 軍器寺主簿가 되고, 1578년 任實縣監을 지냈다. 1592년 임
진왜란 때 나주에 있다가 高敬命·朴光玉·崔慶會 등과 함께 의병을 일으켰다.
선조가 피난 간 평안도를 향해 가다가, 왜적과 싸우면서 수원의 禿山城을 점령
하였고 용인의 金嶺(지금의 경기도 용인시 처인구 역북동 일대) 전투에서 승리
한 뒤 강화도로 들어갔다. 용인전투는 의병에게는 첫 번째 승리를 안겨주었기
때문에 그 공으로 判決事가 되고 倡義使의 호를 받았다. 왜적에게 점령된 서울
에 결사대를 잠입시켜 싸우고, 한강변의 여러 적진을 급습하는 등 크게 활약하
였다. 다음해 정월 명나라 제독 李如松의 군대가 개성을 향해 남진할 때, 그들의
작전을 도왔다. 또한 왜군이 남쪽으로 퇴각하자, 절도사 최경회 등과 함께 晉州
城을 사수하였다. 그 뒤 진주성을 지킬 때 백병전이 벌어져, 화살이 떨어지고
창검이 부러져 대나무 창으로 응전하였다. 마침내 성이 함락되자 아들 金象乾과
함께 南江에 투신하여 자결하였다.

7) 士彦(사언) : 安邦俊(1573~1654)의 자. 본관은 竹山, 호는 牛山·隱峰·氷壺. 아버
지는 安重寬이다. 安重敦에게 양자로 갔다. 朴光前·朴宗挺에게서 수학하고, 1591
년 坡山에 가서 成渾의 문인이 되었다. 1592년 임진왜란이 일어나자 박광전과
함께 의병을 일으켰고, 광해군 때 李爾瞻이 그 명성을 듣고 기용하려 하였으나
거절, 1614년 보성의 북쪽 牛山에 들어가 후진을 교육하였다. 1623년 인조반정
뒤에 교유가 깊던 공신 金瑬에게 글을 보내 당쟁을 버리고 인재를 등용하여 공
사의 구별을 분명히 할 것을 건의하였다. 志氣가 강확하고 절의를 숭상하여 圃
隱 鄭夢周·重峯 趙憲을 가장 숭배, 이들의 호를 한자씩 빌려 자기의 호를 隱峰
이라 하였다. 학문에 전념하면서 정묘·병자호란 등 국난을 당할 때마다 의병

湖南義錄。蓋當時國內死節者何限? 而獨記湖南人者, 安君居湖南,
以其聞見, 所得詳也。 而如霽峯・倡義, 其事已大傳, 昭在國人耳
目, 至聞於天下, 故不載焉。 惟此十六人, 名位不甚重, 或在行伍,
其事不能遠傳, 恐寢以泯滅矣。

嗚呼! 人之生, 孰不自愛其身哉? 至於利祿貨財, 外物[8]也, 人常
貪求不已, 得之又恐失之, 無他, 以其奉身也[9]。 外物奉身者, 猶愛
之不能捨, 況其身之重, 爲如何哉? 能以義爲重, 視其身如鴻毛[10],
非志士仁人[11], 能如是乎? 此十六人者, 其志豈不烈烈乎哉? 其身
猶輕之如是, 況於外物乎? 彼終身役役於利者, 聞此義士之風, 得不
少愧乎? 孔子曰 : "歲寒然後知松栢之後凋."[12] 松栢雖有堅剛絶異

을 일으켰다.
8) 外物(외물) : 自己 이외에 있는 사물. 곧 인간 욕망의 대상이 되는 것이다.
9) ≪소학≫<嘉言・廣敬身>의 "사람들이 자신의 몸을 봉양하는 외물에 대해서는
   일일이 좋기를 바라면서도, 도리어 자신 하나의 몸과 마음만은 좋기를 바라지
   않으니, 좋은 물건을 얻었을 때면 도리어 자신의 몸과 마음이 이미 먼저 나빠졌
   음을 알지 못한다.(人於外物奉身者, 事事要好, 只有自家一箇身與心, 却不要好, 苟得
   外物好時, 却不知道何家身與心, 已自先不好了也.)"는 구절을 염두에 둔 표현임
10) 鴻毛(홍모) : 기러기의 털. 아주 가벼운 사물에 비유하는데, 전혀 가치가 없어서
   있으나 마나한 존재라는 의미이다. 司馬遷의 <報任少卿書> "사람은 언젠가 한
   번 죽는데, 죽어서 태산보다 중한 이름을 남기는 사람도 있고, 기러기 털보다
   가볍게 취급을 당하는 사람도 있다.(人固有一死, 死有重于泰山, 或輕于鴻毛.)"에서
   나온다.
11) 志士仁人(지사인인) : ≪논어≫<衛靈公篇>의 "지사와 인인은 삶을 구해서 인을
   해침이 없고, 몸을 죽여서 인을 이룸이 있다.(志士仁人, 無求生以害仁, 有殺身以成
   仁.)"에서 나온 말.
12) ≪논어≫<子罕篇>에서 나오는 말. 孔子는 "한 해가 저물어 추워진 뒤에야 소나
   무와 잣나무가 뒤늦게 시드는 것을 안다.(歲寒然後知松柏之後凋也.)"고 하였는데,

之姿, 在春夏間, 其色與凡草木無異, 特至歲寒, 其絶異者, 乃可見
爾。此十六人者, 其平生志節, 實有大過人者, 故其於世, 必齟齬[13)
無所遇。不然, 其能捨生於危難之日乎? 夫其生旣窮於世, 臨難視
死如歸, 其事誠可悲, 而亦見世之薄於賢者也。然自其人言之, 求
仁而得仁, 爾又何怨?[14) 嗚呼其賢矣哉。

安君旣編集重峯[15)先生遺文事蹟, 爲抗義新編[16), 行于世。今又
爲此錄, 安君之慕義, 誠至矣, 其用心, 誠勤矣。忠臣義士, 烈烈[17)

곤궁함이나 어려움을 당하여도 변치 않는 절조를 비유한 것이다.

13) 齟齬(저어) : 틀어져서 어긋남.

14) ≪논어≫<述而篇>의 "자공이 들어가 묻기를, '백이와 숙제는 어떤 사람입니
까?' 하니, 공자가 답하기를 '옛날의 현인이다.' 하고, '원망했습니까?' 하자, '원
래 인을 구해서 인을 얻었거늘 또 무엇을 원망하겠는가.(子貢入曰 : '伯夷叔齊何
人也?' 曰 : '古之賢人也.' 曰 : '怨乎?' 曰 : '求仁而得仁, 又何怨?')"에서 나온 말.

15) 重峯(중봉) : 趙憲(1544~1592)의 호. 본관은 白川, 자는 汝式, 호는 陶原・後栗,
시호는 文烈. 李珥・成渾의 문인이다. 1567년 式年文科에 급제하고, 호조와 예조
의 좌랑・감찰을 거쳐 通津縣監으로 濫刑한다는 탄핵을 받고 富平에 유배되었
다. 1581년 공조좌랑에 등용되어 全羅道都事・宗廟署令을 거쳐 1582년 報恩縣監
으로 나갔다. 1586년 공주제독관이 되어 동인이 이이・성혼을 追罪하려는 것을
반대하고 고향에 내려가 임지를 이탈한 죄로 파직 당하였다. 1589년 동인을 공
박하다가 길주에 귀양 가고, 그해 鄭汝立 모반사건이 일어나 동인이 실각하자
풀려났다. 임진왜란이 일어나자 沃川에서 의병을 일으켜 1,700여 명을 모아 靈
圭 등 승병과 합세하여 청주를 탈환하였다. 이어 전라도로 향하는 왜군을 막기
위해 錦山으로 향했으나, 전공을 시기하는 관군의 방해로 의병이 대부분 해산
되고, 700명의 의병으로 금산전투에서 분전하다가 의병들과 함께 모두 전사하
였다.

16) 抗義新編(항의신편) : 안방준이 광해군 때 편찬한 의병장 趙憲의 遺文 및 行錄을
수록한 책. 4권 2책으로 목판본인데, 1619년 판각에 착수, 1621년에 완성하고,
1625년에 발행하여 廣布하였다.

17) 烈烈(열렬) : 높고 큼. ≪시경≫<小雅・蓼莪>의 "남산은 높고 크거늘 회오리바

之蹟, 將賴而不泯, 其有功於名敎大矣, 而此十六人者, 其亦感泣於
冥冥矣。

安君旣以錄入諸梓, 以書千里, 而走京師求余序。余旣感義士之
事。又感安君之義, 終不敢以不文辭, 謹書于卷首如是云。

崇禎庚午[18]仲春旣望, 弘文館副提學趙翼[19]敬序

<hr>

람 몰아친다.(南山烈烈, 飄風發發.)"에서 나온다.

18) 崇禎庚午(숭정경오) : 仁祖 8년인 1630년.

19) 趙翼(조익, 1579~1655) : 본관은 豐壤, 자는 飛卿, 호는 浦渚·存齋. 1602년 별시 문과에 급제, 승문원정자에 임명되었다. 이후 삼사의 관직을 두루 지내던 중, 1611년 金宏弼·趙光祖·李彦迪·鄭汝昌 등을 문묘에 배향할 것을 주장하다가 고산도찰방으로 좌천되고, 이어 웅천현감을 역임하였다. 1624년 李适의 난을 겪은 뒤 의정부 검상·숨人에 임명되고, 이어 응교·직제학 등을 거쳐 동부승지에 올랐다. 한성부우윤·개성부유수·대사간·이조참판·대사성·예조판서·대사헌·공조판서·한성부판윤 등을 두루 역임하면서 李元翼을 도와 大同法을 확대하고 관리하는 일에도 적극 참여하였다. 1636년 예조판서로 있을 때 병자호란을 당하자 종묘를 강화도로 옮기고 뒤이어 인조를 호종하려다가, 아들 趙進陽에게 강화로 모시게 했던 80세의 아버지가 도중에 실종되어 아버지를 찾느라고 남한산성으로 인조를 호종할 기회를 놓치고 말았다. 그리하여 호란이 끝난 뒤 그 죄가 거론되어 관직을 삭탈당하고 유배되었지만, 그 까닭이 효성을 다하고자 한 데 있었고, 또 아버지를 무사히 강화로 도피시킨 뒤 尹棨·沈之源 등과 함께 경기 지역의 패잔병들을 모아 남한산성을 포위하고 있는 적을 공격하며 입성하고자 노력한 사실이 참작되어 그 해 12월에 석방되었다. 그리고 3년 뒤에는 元孫輔養官으로 조정에 들라는 하명을 받았으나, 늙은 아버지를 봉양해야 한다는 이유로 거절하였다. 뒤이어 예조판서·이조판서·대사헌의 직이 내려졌지만, 모두 사양하다가 아버지가 죽고 상복을 벗게 되자 1648년 좌참찬이 되어 다시 조정에 나갔다. 이후 1655년 3월 中樞府領事로 죽기까지 우의정·좌의정과 중추부 판사·영사의 자리를 거듭 역임하였다.

　제봉 고경명 선생의 부자(父子), 창의사 김천일 선생의 부자(父子) 등 양가의 사적은 우리나라 사람들이 알고 있을 뿐만 아니라 중국에 전해지기까지 하여 그 이름이 천하에 알려졌고, 또 편지나 문건이 있어서 이미 세상에 성행하였기 때문에 지금 이 ≪호남의록≫에는 빼놓고 서술하지 않았으니, 뒷날 이 책을 보는 사람은 이러한 뜻을 몰라서는 아니 된다.

　霽峯高先生父子, 倡義金先生父子, 兩家事蹟, 非但國人知之, 至於流入中朝, 名聞天下, 又有傳信文字, 已盛行于世, 故今於此編, 闕而不敍, 後之覽是書者, 此意不可不知也。

최경회 崔慶會
(1532~1593)

병사(兵使) 최경회의 자는 선우(善遇)이다. 능성현(綾城縣)에서 살았다. 문과에 급제하였다. 임진왜란 때에 공(公)은 모친상을 당하여 상례(喪禮)를 다하느라 집을 지키고 있었는데, 초토사(招討使) 고경명(高敬命)이 패하여 죽기에 이르자, 그의 휘하 여러 장수들과 병사들이 또 공을 의병장으로 추대하였다. 이때 진보 현감(眞寶縣監)을 지낸 임계영(任啓英)도 의병을 일으켰다. 임계영은 좌도의 여러 군대를 거느렸으니 이른바 '좌의병(左義兵)'이고, 공은 우도의 여러 군대를 거느렸으니 이른바 '우의병(右義兵)'이다. 그리하여 두 사람이 함께 군대를 이끌고 영남으로 들어갔다. 공은 일처리가 정밀하고 민첩하였으며 호령이 엄하고 분명하였으니, 사람들이 모두 공을 믿고 의지하였다. 계사년(1593) 병사들을 이끌고 진주성(晉州城)에 들어갔으나, 성이 함락될 때 막하사(幕下士) 문홍헌(文弘獻) 등과 함께 물에 뛰어들어 죽었다. 이러한 일이 알려져 좌찬성(左贊成)에 추증되었고, 자손들을 채용하였다. 왜적이 퇴각한 후에 진주 고을사람들이 사당을 세웠는데, 충렬사(忠烈祠)로써 사액하고 정문(旌門)을 세워주었다.

崔慶會

崔兵使慶會, 字善遇。居綾城縣。登文科[1]。壬辰, 公丁內艱[2]
家居, 及高招討[3]敗死, 諸將士又推公爲盟主。時任眞寶[4]啓英[5]亦

---

1) 최경회는 1561년 생원·진사의 양시에 합격하고 1567년 문과에 급제하였음.
2) 丁內艱(정내간) : 모친상을 당함. 최경회는 1590년 겨울에 어머니 상을 당하였다.
3) 高招討(고초토) : 제봉 高敬命을 일컬음. 최초의 초토사는 임진왜란 때 호남지방
   으로 파견된 공조참의 고경명이기 때문이다. 고경명은 1592년 6월 27일 恩津에
   도달해 왜적이 錦山을 점령하고 장차 전주를 경유하여 호남을 침범할 계획이라
   는 정보를 입수하자, 당초의 북상 계획을 변경하고 7월 1일 連山으로 회군했다.
   이곳에서 충청도 의병장 趙憲에게 서신을 보내어 10일 荊江을 건너 합세해 금
   산의 왜적을 공격할 것을 제의한 뒤, 9일 진산을 경유해 금산에 도착, 방어사
   郭嶸의 관군과 좌·우익으로 진을 편성했다. 이날 의병 중에서 정예 수백 명을
   거느리고 적의 본진을 공격했으나, 적의 굳센 저항과 관군의 소극적 태도로 퇴
   각하고 말았다. 10일 곽영과 합세해 왜적과 대회전을 시도하기로 하고 800여
   명의 정예로 선제공격을 했는데, 왜적은 먼저 약한 관군을 일제히 공격했다. 이
   에 겁을 낸 관군은 싸울 것을 포기하고 앞을 다투어 패주했으며, 이에 사기가
   떨어진 의병군마저 붕괴되고 말았다. 그는 후퇴해 다시 전세를 가다듬어 후일
   을 기약하자는 주위의 종용을 뿌리치고 "패전장으로 죽음이 있을 뿐이다."고 하
   며 물밀듯이 밀려오는 왜적과 대항해 싸우다가 아들 고인후와 유팽로·안영 등
   과 더불어 순절했다.
4) 眞寶(진보) : 경북 청송군 진보면. 임계영은 1581년 진보현감으로 출사하여 임기
   를 마치고 고향에 내려와 임진왜란이 일어나기까지 후학을 가르치고 있었다.
5) 啓英(계영) : 任啓英(1528~1597). 본관은 長興, 자는 弘甫, 호는 三島. 1576년 별

起兵。任領左道諸軍, 所謂左義兵也 ; 公領右道諸軍, 所謂右義兵也。於是, 俱領軍入嶺南。公處事精敏, 號令嚴明, 人情皆以公爲恃。癸巳6), 領兵入晉州城, 城陷, 與幕下士文弘獻7)等, 同赴水死。事聞, 贈左贊成8), 錄用9)子孫。賊退後, 鄉人立祠, 以忠烈祠, 賜額10)旌門。

시문과에 급제하여 진보현감을 지냈다. 임진왜란 때 전 현감 朴光前, 능성현령 金益福, 진사 文緯世 등과 보성에서 의병을 일으켰다. 당시 와병 중이던 박광전 대신 의병장으로 추대되고, 순천에 이르러 張潤을 부장으로 삼았다. 다시 남원에 이르기까지 1,000여 명을 모집하여 전라좌도 의병장이 되었다. 전라우도 의병장 崔慶會와 함께 장수·거창·합천·성주·개령 등지에서 일본군을 무찔렀다. 1593년 제2차진주성싸움에 그는 부장 장윤에게 정예군 300명을 이끌고 먼저 성에 들어가게 하고, 자신은 밖에서 곡식과 무기를 조달하다가 적이 이미 성을 포위하였으므로 성에 들어가지 못하였다. 성의 함락과 함께 장윤은 전사하였는데, 그는 함께 죽지 못한 것을 종신토록 한스럽게 생각하였다. 선조가 환도한 뒤에 양주·정주·해주·순창 등지의 목사를 역임하였다.

6) 癸巳(계사) : 宣祖 26년인 1593년. 이해 6월에 경상좌병사 최경회, 충청병사 황진 등의 관군과 의병장으로는 김천일 등이 10일 동안 가토가 이끄는 10만 왜군과 진주성 공방전을 벌였으나 끝내 성을 보존하지 못하고 전원 전사하였다.

7) 文弘獻(문홍헌, 1551~1593) : 본관은 南平, 자는 汝徵, 호는 敬庵·松溪. 1592년 임진왜란이 발생하자 문홍헌은 담양에서 다른 선비들과 회동하여 高敬命을 맹주로 추대하고 고향에서 의병 3백 명을 모았다. 그는 고경명의 휘하에서 활동하였으며 군량미를 확보하기 위해 동복에 머무를 때 錦山 패전과 고경명의 殉節 소식을 들었다. 이때 마침 모친상을 입어 화순에 머물고 있던 崔慶會를 찾아가 의병장이 되어줄 것을 요청하였다. 최경회는 문홍헌의 동생 문홍유의 장인이며 문과에 급제한 후 장수현감 담양부사를 역임하였다. 그는 나이 60이 넘었으나 상중에도 불구하고 倡義起兵하였다.

8) 최경회는 1627년에 좌찬성에 추증되었음. 시호는 1747년 내려졌는데 '忠毅'라 하였다.

9) 錄用(녹용) : 공신 또는 충신의 자손을 기록해두었다가 채용하는 것.

10) 1593년 임진왜란 당시 제2차 진주성 전투에서 장렬히 전사한 순국 선인들의 신위를 모시기 위해 경상도 관찰사 정사호가 건립하여 1607년 사액을 받았음.

정운 鄭運
(1543~1592)

만호(萬戶) 정운(鄭運)은 영암군(靈巖郡)에서 살았다. 어려서부터 불의를 참지 못하고 의협심이 있어서 늘 절개를 지키고 의리를 위해 죽을 것이라며 스스로 다짐하였다. 무과에 급제하였다. 일찍이 거산(居山 : 함경남도에 있는 지명) 찰방이 되었을 때, 감사(監司)의 수행자로서 신임을 받던 사람(협주 : 세속에서는 중방(中房)이라 함)이 민폐를 일으켜서 공(公)이 곤장을 쳤는데, 감사가 좋아하지 아니하니 공은 곧바로 관직을 버리고 돌아왔다. 얼마 오래지 않아서 웅천(熊川 : 경상남도 진해의 옛 지명) 현감이 되었는데, 감사에게 미움을 사니 또 그날로 인끈을 풀고 관직을 떠났다. 얼마 뒤에 제주 판관(濟州判官)에 제수되었으나 또 목사(牧使)를 거스르고 파직되었는데, 돌아오는 배에는 망아지 한 마리조차도 따르지 못하게 하였다. 강직하고 과감하며 청빈하기가 모두 이와 같았다. 이로부터 몇 년간 벼슬길이 막혔다.

임진년에 녹도 만호(鹿島萬戶)가 되어 있었는데 왜란이 일어났다. 좌수사(左水使) 이순신(李舜臣)이 전함(戰艦)을 이끌고 좌수영(左水營)의

앞바다에 둔치고는 감히 나아가 싸우려고 하지 않자, 공이 칼을 어루만지며 앞으로 나아가 눈을 부릅뜨고 이순신에게 말하기를, "왜적이 이미 영남을 돌파하고 승승장구 계속 몰아치고 있으니 그 기세는 필시 수륙(水陸)으로 아울러 진군해올 것 같은데, 공은 어찌 이다지도 신중하기만 하고 싸우러 나갈 뜻이 없습니까?" 하며 말소리와 얼굴빛이 모두 준엄하니, 이순신이 기가 질려 감히 그 말을 어기지 못하였다. 공이 마침내 선봉이 되기를 자청하고 곧바로 먼 바다[外洋]에 나아갔는데, 왜적이 대거 밀어닥치자 여러 장수들은 모두 물러나 도망갔다. 공이 큰 소리로 외치기를, "장수들이 나아가고 물러나는 것을 제 마음대로 한단 말인가? 오늘 나는 죽을 곳을 얻었다." 하고는 죽음을 무릅쓰고 돌진하여 왜적선(倭賊船)을 쳐부순 것이 헤아릴 수가 없었으며, 왜적이 패하여 달아났다. 그 뒤로 왜적은 또 연일 대거 들이닥쳤지만 그때마다 공에게 패하였다. 공이 승세를 몰아 추격하다가 적의 총탄에 맞아 죽었다. 이때는 왜적의 기세가 등등하여 어느 누구도 감히 그 칼날을 막으려는 자가 없었는데, 감히 수군으로써 왜적을 공격한 것은 공이 실로 맨 처음이었다. 이로부터 여러 장수들이 모두 앞 다투어 적진에 달려들었다. 이순신의 한산도(閑山島) 대첩은 모두 공이 앞장서서 출전하여 시험해본 공이었다. 이러한 일이 알려져 절도사(節度使)에 추증되었고, 정문(旌門)을 세워주었다.

鄭運

鄭萬戶[1]運, 居靈巖郡。 自少慷慨有俠氣, 每以伏節死義[2]自許。
登武科[3]。 嘗爲居山察訪[4], 監司陪行信任人(俗稱中房[5])作弊, 公杖
之, 監司不悅, 公卽棄官歸。 未幾, 爲熊川縣監[6], 見忤於監司, 又
卽日解印[7]去。 俄除濟州判官[8], 又以忤牧使見罷, 歸舟不以一駒自
隨。 其剛果淸苦, 皆類此。 由是沈滯累年。

壬辰, 公爲鹿島萬戶, 亂作。 左水使李公舜臣[9], 以戰艦屯于水
營前洋, 不敢進戰, 公按劍而前, 瞋目謂舜臣曰：“賊已破嶺南, 乘

---

1) 萬戶(만호) : 1591년 鹿島萬戶가 된 것을 일컬음.
2) 伏節死義(복절사의) : 절개를 지키고 의리에 죽는 것.
3) 1570년 무과에 급제함.
4) 1582년 거산 찰방이 되었음. 거산은 함경남도에 있는 지명이다.
5) 中房(중방) : 고을 원의 시중을 들던 사람.
6) 1583년 함경감사 鄭彦信의 추천을 받아 승진하여 웅천현감이 되었음. 웅천은 지
   금의 경상남도 진해 지역을 일컫는다.
7) 解印(해인) : 인끈을 풂. 곧 사직함을 의미한다.
8) 1585년 제주판관에 승진함.
9) 李公舜臣(이공순신, 1545~1598) : 본관은 德水, 자는 汝諧. 임진왜란 때 일본군
   을 물리치는 데 큰 공을 세운 명장으로, 옥포대첩, 사천포해전, 당포해전, 1차
   당항포해전, 안골포해전, 부산포해전, 명량대첩, 노량해전 등에서 승리했다.

勝長驅, 其勢必水陸幷進, 公何持重[10]至此, 無意出戰乎?" 聲色俱
厲, 舜臣氣慴不敢違。公遂自請爲先鋒, 直擣外洋[11], 賊大至, 諸將
皆退走。公大呼曰 : "諸將任意進退? 今日吾得死所矣." 衝冒突進,
撞破賊船, 不知其數, 賊敗走。後賊又連日大至, 輒爲公所敗。公乘
勝追擊[12], 中丸而死[13]。是時, 賊勢鴟張[14], 人莫敢嬰其鋒, 敢以舟
師擊賊, 公實倡首[15]。 自此諸將, 皆爭先赴敵。 舜臣之閒山大捷,
皆公首事嘗試[16]之功也。事聞, 贈節度使[17], 旌門。

---

10) 持重(지중) : 어떤 일을 신중히 함. 경솔하게 행동하지 않음.
11) 外洋(외양) : 육지에서 멀리 떨어진 넓은 바다.
12) 이순신 휘하에서 옥포해전과 당포해전에 출전하여 큰 공을 세움.
13) 1592년 9월 부산포해전에서 전사함.
14) 鴟張(치장) : 매가 날개를 펴고 먹이를 노리듯이 무서운 것 없이 위세를 부리
    는 것.
15) 倡首(창수) : 앞장서서 이끎.
16) 嘗試(상시) : 남의 뜻을 시험하여 떠봄.
17) 1592년 10월 27일 北兵使(북도 병마절도사)에, 1796년 병조판서 겸 의금부훈련
    원사에 추증되었으며, 1798년 忠壯의 시호가 내려졌음. 1604년 절충장군 겸 병
    조참판에 추증되었지만 공신반열에는 오르지 못했다.

백광언 白光彦
(1554~1592)

첨사(僉使) 백광언(白光彦)은 태인현(泰仁縣)에서 살았다. 어려서부터 용맹심이 있었다. 무과에 급제하여 당상관(堂上官)에 올랐다. 성품이 불의를 참지 못하고 기개와 의리를 숭상하였으며 선을 좋아하고 악을 미워하였으니, 사람들은 모두 존경하면서도 어려워하였다. 때마침 역적 정여립(鄭汝立)이 시배(時輩 : 동인)에게 빌붙어서 위세가 타오르는 불길같이 등등하니, 온 도내의 문인들이나 무사들이 모두 그와 사귀려고 서로 다투어 그의 문전으로 달려들었다. 공(公)이 사는 곳은 역적 정여립의 집과 매우 가까웠는데, 정여립이 두세 번이나 만나보기를 청하였지만 공이 가보지 아니하니 정여립이 감정을 품었다. 공이 진해(珍海 : 전남의 해남)와 고성(固城) 두 고을의 수령이 되었을 때, 역적 정여립이 그때마다 대관(臺官 : 사헌부의 벼슬아치)을 사주하여 공을 탄핵하고 파직토록 했으나, 공의 마음은 끝내 흔들리지 않았다.

기축년(1589)에는 북청 판관(北靑判官)이 되었다. 이때 중봉(重峯) 조헌(趙憲) 선생이 지부상소(持斧上疏)로써 간언하다가 길주(吉州)로 귀양을 가게 되었다. 모든 지나는 주현(州縣)의 친구들이나 수령들은 대체로 화를 입을까 두려워서 움츠리고 감히 나와 만나보지 않았으나, 북청 경계에 이르자 공은 술과 안주를 잘 차려서 매우 공경히 대접하였다. 중봉이 말하기를, "나와 공과는 한 번도 대면한 적이 없기는 하나, 지금 어찌 이 지경에 이르렀단 말이오?" 하자, 공이 말하기를, "마음이 격동한 바 그렇게 하지 않을 수 없었습니다." 하였다. 이어서 역적 정여립이 두세 번 만나보자고 했던 일과 연달아 두 고을의 수령 자리를 파면시켰던 일을 이야기하였다. 급기야 정여립의 역변(逆變)이 일어나니, 사람들은 비로소 그의 선견지명(先見之明)에 탄복하였다.

임진년(1592) 모친상을 당하여 상례(喪禮)를 다하느라 태인의 집에 머무르고 있다가 이광(李洸)이 군대를 해산했다는 소식을 듣고는 공주(公州)로 달려가서 이광에게 말하기를, "임금이 파천하셨으니 신하는 진실로 앞장서서 국난에 달려가는 것이 마땅하거늘, 공은 중대한 병권을 쥐고 있는 번신(藩臣 : 관찰사)이면서 지금 군대를 해산하였으니, 무슨 생각을 갖고 계신 것이오?" 하고, 드디어 눈을 부릅뜨며 칼을 뽑았다. 이광이 놀라서 어찌할 줄 모르며 사과하기를, "내가 미처 깊이 생각하지 못했네. 이후로는 오직 공의 지휘하는 대로 하겠네." 하였다. 이광이 전주(全州)로 돌아와서 곧 여러 고을에 명령을 전하여 흩어진 군사들을 불러 모아 곧장 서울로 향하였는데, 공은 선봉이 되기를 자청하였다. 용인(龍仁) 전투에서 이광은 군령을 어기었다며 공에게 곤장을 쳐 중상을 입히자, 공이 탄식하기를, "차라리 적에게 죽임을 당하겠다." 하면서 마침내 적진 속으로 뛰어들었다가 죽었으니, 사람들이 모두 몹시 분개하였다.

白光彦

白僉使光彦, 居泰仁縣。 少有勇力。 登武科, 陞堂上。 性慷慨尙
氣義, 好善疾惡, 人皆敬憚[1]。 時鄭賊汝立[2], 附托時輩, 勢焰熏灼,
一道文武之士, 皆欲結知, 爭趨其門。 公所居, 與鄭賊甚邇, 鄭賊再
三請見, 公不往, 鄭賊啣之。 公爲珍海[3]·固城[4]二縣宰, 鄭賊輒喉

---

1) 敬憚(경탄) : 공경하면서도 어려워하고 꺼림.
2) 鄭賊汝立(정적여립, 1546~1589) : 본관은 東萊, 자는 仁伯. 1567년 진사가 되었
  고, 1570년 식년문과에 급제한 뒤 李珥와 成渾의 각별한 후원과 촉망을 받았다.
  1583년 예조좌랑이 되고 이듬해 수찬이 되었다. 본래 서인이었으나 수찬이 된
  뒤 당시 집권세력인 동인에 反附하여 이이를 배반하고 朴淳·성혼을 비판하였
  다. 이에, 왕이 이를 불쾌히 여기자 벼슬을 버리고 고향으로 돌아갔다. 특히 전
  라도 일대에 그의 명망이 높았다. 그는 진안 竹島에 서실을 지어놓고 大同契를
  조직하여 매달 射會를 여는 등 세력을 확장해갔다. 1587년 왜선들이 전라도 損
  竹島에 침범했을 때는 당시 전주부윤 南彦經의 요청에 응하여 대동계를 동원,
  이를 물리치기도 하였다. 그 뒤 대동계의 조직은 전국적으로 확대되어 황해도
  안악의 邊崇福·朴延齡, 해주의 池涵斗, 雲峰의 승려 義衍 등이 참여하였다. 그러
  나 1589년 이들이 한강의 결빙기를 이용, 황해도와 호남에서 동시에 입경하여
  대장 申砬과 병조판서를 살해하고, 병권을 장악하기로 했다는 고변이 황해도관
  찰사 韓準, 안악군수 李軸, 재령군수 朴忠侃, 신천군수 韓應寅 등의 연명으로 급
  보되어 관련자들이 차례로 잡혔다. 그는 금구의 별장을 떠나 아들 鄭玉男과 함
  께 죽도로 피신했다가 관군의 포위가 좁혀들자 자살하고 말았다.
3) 珍海(진해) : 조선 태종 때 海南縣이 珍島縣과 합하여 부른 명칭. 지금 전남의 해

臺官5), 駁遞6)(遞)之, 公終不動。

己丑7), 爲北靑8)判官。時重峯趙先生以言事9), 謫配吉州10)。凡所經州縣, 知舊11)守令, 率多畏禍蓄縮, 莫敢出見, 至府界, 公盛備酒饌, 待之極敬。重峯曰："吾與公未嘗一面, 今何至此?" 公曰："中心所激, 不得不爾." 因言鄭賊再三請見‧連駁二縣之事。及逆變起。人始服其先見。

壬辰, 公丁內艱12)家居, 聞李洸13)罷兵, 馳到公州, 謂洸曰："君

남을 가리킨다.
4) 固城(고성) : 경상남도 중남부에 있는 군.
5) 臺官(대관) : 사헌부의 대사헌 이하 지평까지의 벼슬.
6) 駁遞(박체) : 대간의 탄핵을 받아 체직되는 것.
7) 己丑(기축) : 宣祖 22년인 1589년.
8) 北靑(북청) : 함경북도 북청군.
9) 言事(언사) : 1589년 持斧上疏로 나라의 폐단을 극론하다가 길주에 유배된 것을 일컬음. 도요토미 히데요시가 '정명가도'를 요구하자 대궐 밖에서 사흘 동안 일본 사신의 목을 베라고 청했던 것이다.
10) 吉州(길주) : 함경북도 길주군.
11) 知舊(지구) : 사귄 지 오래된 친구.
12) 丁內艱(정내간) : 모친상을 당함.
13) 李洸(이광, 1541~1607) : 본관은 德水, 자는 士武, 호는 雨溪散人. 1567년 생원이 되고, 1574년 별시 문과에 급제하였다. 평안병마평사‧성균관전적‧병조좌랑‧정언‧형조좌랑 등을 거쳐 1582년 예조정랑‧지평, 이듬해 성균관직강‧북청판관‧함경도도사를 지냈다. 1584년 병조정랑‧장악원첨정을 거쳐, 함경도 암행어사로 나가 북도민의 구호 현황을 살피고 돌아와 영흥부사가 되었다. 1586년 길주목사로 나갔다가 함경도관찰사 겸 순찰사로 승진했고 1589년 전라도관찰사가 되었다. 그해 겨울 모역한 鄭汝立의 문생과 그 도당을 전부 잡아들이라는 영을 어기고, 혐의가 적은 인물을 임의로 용서해 풀어주었다가 탄핵을 받고 삭직되었다. 1591년 호조참판으로 다시 기용되었으며, 곧 지중추부사로서 전라도관찰사를 겸임하였다. 이듬해 임진왜란이 일어나자 전라감사로서 충청도관찰사 尹先覺, 경상도관찰사 金晬와 함께 관군을 이끌고 북상해 서울을 수복할 계

父播越, 臣子固當挺身赴難, 公握重兵作藩翰14), 今日罷兵, 有何意乎?" 遂瞋目拔劒。洸驚惶失措, 謝曰 : "吾未之思耳。此後惟公指揮." 洸還全州, 乃傳令列邑, 收聚諸軍, 直向京城, 公自請爲先鋒。龍仁之戰15), 洸以其違令, 杖公重傷, 公嘆曰 : "寧爲賊所殺." 遂突陣而死, 人皆憤惋。

획을 세웠다. 그리하여 5월에 崔遠에게 전라도를 지키게 하고, 스스로 4만의 군사를 이끌고 나주목사 李慶福을 중위장으로 삼고, 助防將 李之詩를 선봉으로 해 林川을 거쳐 전진하였다. 그러나 도중 용인의 왜적을 공격하다가 적의 기습을 받아 실패하자 다시 전라도로 돌아왔다. 그 뒤 왜적이 전주·금산 지역을 침입하자, 光州牧使 權慄을 도절제사로 삼아 熊峙에서 적을 크게 무찌르고, 전주에 육박한 왜적을 그 고을 선비 李廷鸞과 함께 격퇴시켰다. 같은 해 가을 용인 패전의 책임자로 대간의 탄핵을 받고 파직되어 백의종군한 뒤, 의금부에 감금되어 벽동군으로 유배되었다가 1594년 고향으로 돌아왔다.

14) 藩翰(번한) : 울타리와 기둥이라는 뜻으로, 변방에서 나라를 지켜 왕실을 수호함을 이르는 말. 곧 藩臣(관찰사)을 이른다.

15) 龍仁之戰(용인지전) : 龍仁城 남쪽 10리에 이르러 우군선봉장이 된 백광언은 좌군선봉장 李之詩와 함께 文小山의 적진을 협공하였으나 패전하여 모두 전몰한 전투를 일컬음. 이 싸움에서 승리하면 여세를 몰아 서울을 수복할 것으로 기대하였던 行在所에서는 패전소식을 들은 뒤 평양을 떠나 의주로 향하였다. 백광언은 1834년 병조판서에 추증되고, 慕忠祠에 제향되었다. 시호는 忠愍이다.

소상진 蘇尚眞
(1548~1592)

별장(別將) 소상진(蘇尚眞)은 보성군(寶城郡)에서 살았다. 어려서부터 무예에 종사하였지만, 운수가 기구하여 과거시험에 급제하지 못하였다. 평소 행한 바가 일찍이 터럭만치도 의롭지 않은 적이 없었다.

임진년(1592)에 공(公)이 달천(㺚川)에서 관군(官軍)이 패했다는 소식을 듣자마자 혼자 말을 타고 서울에 들어가 임금에게 충성을 다하고자 달려 전주부(全州府)의 삼례(參禮)에 이르렀을 때, 김성일(金誠一)을 만나 서울이 함락되었다는 소식을 듣게 되었다. 공이 땅에 엎드려 통곡하고는 행재소(行在所)로 뒤따라가려 하자, 김공이 말하기를, "왜적이 사방에서 모여들어 도로가 통하지 않고 막혔으니, 공은 나와 함께 일을 같이하여 의병을 모집하는 것이 더 나을 것이오." 하니, 공은 옳게 여기고 마침내 동행하여 영남으로 내려갔다. 평소 공을 좋아하지 않던 어떤 사람이 또한 찾아와서 막하(幕下)에 소속되자, 공은 말없이 도로 짐을 챙겨서 장차 행재소로 들어가려 하였다.

마침 진보 현감(眞寶縣監) 임계영(任啓英)이 의병을 일으켰는데, 장윤(張潤)이 부장(副將)이 되었고, 공도 그 군대를 따랐기 때문에 별장(別將)이 되었다. 매양 나가 싸울 때마다 공은 반드시 홍의(紅衣)를 입고 앞장서서 돌격하니, 왜적들이 두려워하게 되어 홍의를 보기만 하면 그때마다 감히 나오지 않자, 전군이 모두 믿고서 두려워하지 않았다. 부장 장윤이 항상 타일러 말하기를, "나라가 믿는 것은 오직 의병에 있고, 의병이 믿는 것은 오직 공에게 있으니, 공은 왜적을 얕보지 마시오. 마침내 큰 공을 세울 것이오." 하니, 공이 말하기를, "장부가 어찌 죽음을 아까워하겠습니까? 나랏일로 죽는 것은 나의 뜻입니다." 하였다.

성주(星州)의 전투에서 왜적은 무려 천여 명이고, 우리 군사는 겨우 수백 명으로 중과부적(衆寡不敵)이자, 모두 겁을 집어먹고 물러났다. 공이 팔뚝을 걷어붙이며 큰 소리로 외치기를, "왜적을 보고도 도망간다면 어찌 의병이라 하겠는가?" 하면서 곧장 앞장서서 적진을 향해 앞으로 거침없이 나아갔다. 이에 군사들이 모두 다시 모여 힘껏 싸우니, 왜적이 대패하였다. 공은 승승장구 계속 몰아치다가 왜적의 탄환을 맞고 죽으니, 사람들이 모두 슬퍼하고 아까워했다.

蘇尙眞

蘇別將尙眞, 居寶城郡。 少從事武藝, 數奇不成一名[1]。 平生所爲, 未嘗有一毫非義。

壬辰, 公聞獺川[2]軍敗, 卽以單騎入京勤王, 至全州參禮, 逢金公誠一[3], 聞京城失守。 公伏地痛哭, 欲追及於行朝[4], 金公曰：“賊

---

1) 一名(일명)：‘第一名’에서 나온 말로, 우수한 성적으로 과거시험에 급제하는 것을 일컬름.

2) 獺川(달천)：충북 충주에 있는 강 이름. 三道巡邊使 申砬이 임진왜란 당시 충주 탄금대에서 북상하는 왜군을 맞아 빈약한 병력으로 맞서다 참패하고 남한강에 투신하여 자살하였다. 탄금대는 남한강과 달천이 합류하는 지점에 있었는데, 탄금대 전투는 임진왜란 초기 전쟁의 분수령이었다. 이 싸움에서 패배하자, 선조는 서울을 떠나 평안도로 피난하게 되었다.

3) 金公誠一(김공성일, 1538~1593)：본관은 義城, 자는 士純, 호는 鶴峰. 1556년 이황의 문하에서 수학하였으며, 1568년 증광 문과에 급제하였다. 1590년 통신부사로 일본에 갔다가 이듬해 돌아와서, 민심이 흉흉할 것을 우려 정사 황윤길과는 반대로 왜가 군사를 일으킬 기색이 보이지 않는다고 복명하였다. 1592년 경상우도병마절도사로 재임 중 임란이 발생하자, 전일 복명에 대한 책임으로 파직당했으나, 유성룡의 변호로 다시 경상우도초유사가 되어 의병장 곽재우를 돕고, 계속해서 의병규합과 군량미 확보에 전력하였다. 1593년 경상우도순찰사를 겸하여 전투를 독려하다가 병으로 사망하였다.

4) 行朝(행조)：行在所. 국가의 변란 등으로 임금이 도성을 떠나 옮겨가 있는 곳.

兵四合, 道路不通, 公不如與我同事, 招募義兵." 公然之, 遂同行下
嶺南。有一人素不悅公者, 亦來屬幕下, 公不辭而還治任5), 將入行
朝。

　　會任眞寶啓英起兵, 張公潤6)爲副將, 公因從其軍爲別將。每出
戰, 公必着紅衣, 先登突擊, 賊畏之, 見紅衣, 輒不敢出, 一軍恃以
無恐。張副將常戒曰："國家所恃, 惟在義兵, 義兵所恃, 惟在於公,
公勿輕敵。終成大功." 公曰："丈夫豈惜死乎? 死於國事, 吾志也."

　　星州之戰7), 賊兵無慮千餘人, 我軍僅數百, 衆寡不敵, 皆退縮。
公奮臂大呼曰："見賊而走, 何謂義兵?" 卽挺身前突賊陣。 於是,
諸軍皆還集力戰, 賊大敗。公乘勝追擊, 中丸而死, 人皆痛惜。

---

5) 治任(치임) : 짐을 챙김. 任은 擔과 같아서 메는 짐을 말한다.
6) 張公潤(장공윤, 1552~1593) : 본관은 木川, 자는 明甫. 1582년 무과에 급제하여
　　북도 변장을 제수 받았다. 아버지의 병환으로 벼슬을 버리고 낙향하여 간호하
　　다가 1588년에 다시 선전관에 임명되고 훈련원정을 거쳐 사천현감에 제수되었
　　다. 임진왜란이 일어나자 全羅左義兵 副將이 되어 장수현에 주둔하여 적을 방어
　　하다가 星山·開寧에서 왜적과 전투를 벌여 큰 전과를 올렸다. 이때에 진주성을
　　지키는 목사 이하의 장수들이 적에 눌려 도망하려 하자 비분강개하여 군졸 200
　　명을 휘동하여 倡義使 金千鎰, 충청병사 黃進, 경상우병사 崔慶會 등과 함께 진
　　주성 혈전의 주장이 되어 최전선에서 사병과 함께 용전하였다. 대장 황진이 적
　　탄에 전사하니 뒤를 이어 대장이 되어 8주야를 적과 싸우다가 적의 유탄에 맞
　　아 전사하였고 마침내 진주성도 함락되었다.
7) 星州之戰(성주지전) : 1592년 12월 13일 성주에서 있었던 싸움. 소상진은 이 싸
　　움에서 패주하는 왜적의 장수 모리 데루모토(毛利輝元)을 추격하다가 적탄을 맞
　　고 죽었다.

황진 黃進
(1550~1593)

   병사(兵使) 황진(黃進)은 남원부(南原府)에서 살았다. 어려서부터 큰 뜻이 있어 작은 절조에 얽매이지 않았으니, 사람들이 모두 호방한 인물로써 지목하였다. 무과에 급제하였다. 경인년(1590) 통신사(通信使 : 황윤길)의 비장(裨將)으로서 일본에 갔다. 일행은 모두 마련해간 은자(銀子)로 보화(寶貨)를 샀는데, 공은 유독 비싼 값을 치르고 보검(寶劍)을 샀다. 일행이 그 까닭을 묻자, 공이 말하기를, "이 왜적들이 머지않아 바다를 건너올 것이니, 그때에 나는 응당 이 칼을 쓰려고 한다."고 하니, 사람들은 모두 비웃었다.

   임진년에 공은 동복 현감(同福縣監)이었는데, 매양 관청의 공무를 파한 뒤에 갑옷을 입고 말을 치달릴 때마다 10여 리를 달리고는 그만두었다. 왜란이 일어났을 때, 공은 여러 고을의 관군들과 험준한 요충지를 나누어 차지하고 왜적이 영남에서 호남으로 오는 것을 막았다. 어느 날 왜적 수천여 명의 기병이 웅치(熊峙)에 쳐들어 오자, 공이 앞장서서 거침없이 나아가 선봉(先鋒) 수십 명을 쏘아 죽이니 왜적이 패하여 달아났다. 얼마 되지 않아 왜적이 또 대거

이현(梨峴)으로 쳐들어왔는데 탄환이 비처럼 쏟아지고 포 소리가 천지를 진동하니, 장수들이 모두 겁을 집어먹고 물러났다. 공이 유독 위대기(魏大奇)와 공시억(孔時億) 등 몇 사람과 종일토록 힘껏 싸웠다. 공은 적의 탄환에 다리를 맞았지만 오히려 격분하여 마구 쏘아대자, 왜적이 대패하여 달아나면서 엎어져 죽은 시체가 몇 리쯤 이어졌다. 우리 군사는 한 사람도 죽거나 다친 자가 없었으니, 이로 말미암아 호남이 온전할 수가 있었고 그 공으로써 충청병사(忠清兵使)에 승진하였다.

계사년(1593) 병사들을 이끌고 진주성(晉州城)으로 들어가 의병 부장(義兵副將) 장윤(張潤), 김해 부사(金海府使) 이종인(李宗仁) 등과 함께 서로 협력하여 막고 지키니, 왜적이 감히 침범하지 못했다. 오래지 않아서 공과 부장 장윤은 서로 잇따라 적의 탄환에 맞았고, 성은 마침내 함락되었다. 이러한 일이 알려져 우찬성(右贊成)에 추증되었고, 정문(旌門)을 세워주었다.

黃進

　　黃兵使進, 居南原府。 少有大志, 不拘小節, 人皆以豪俠目之。
登武科[1]。 庚寅[2], 以通信使[3]裨將, 往日本。 一行皆以所得銀兩貿
貨寶, 公獨以重價買寶劒兩口。 一行問其故, 公曰 : "此賊不久渡
海, 其時吾當用此劒." 人皆笑之。

　　壬辰, 公爲同福縣監, 每衙罷, 環甲馳馬, 輒十數里而止。 及亂
作, 公與列邑官兵, 分據險要, 以截賊自嶺而湖者。 一日, 賊數千餘
騎, 至熊峙[4], 公先登突出, 射殺前鋒數十, 賊敗走。 俄而, 賊又大
擧至梨峴[5], 鐵丸如雨, 聲震天地, 諸將皆退縮。 公獨與魏大奇[6] ·

---

1) 登武科(등무과) : 1576년 무과에 급제함.
2) 庚寅(경인) : 宣祖 23년인 1590년.
3) 通信使(통신사) : 조선시대 때, 우리나라에서 일본으로 보내던 사신. 黃允吉은
　　1590년 통신사로 일본에 파견되어 도요토미 히데요시[豊臣秀吉]를 접견하고
　　1591년 귀국하여 장차 일본이 반드시 來侵할 것이므로 대비하여야 할 것이라고
　　복명하였다. 이때 副使 金誠一의 보고와 서로 상반되었으나, 조정은 東人 세력
　　이 강성하였으므로 서인인 그의 의견을 묵살하였다. 1592년 봄에 그의 예견대
　　로 임진왜란이 일어났다.
4) 熊峙(웅치) : 전라북도 진안과 전주 사이에 있는 고개. 임진왜란 때 싸움터였다.
5) 梨峴(이현) : 전라북도 완주와 금산의 경계를 이루는 고개.
6) 魏大奇(위대기) : 전남 장흥 출신으로서 체구가 크고 용맹이 뛰어난 인물. 창검을

孔時億[7]等若干人, 終日力戰。公丸中于脚, 猶奮激亂射, 賊大敗而走, 伏屍數里許。我軍則無一死傷者, 由是湖南得全, 以功陞忠淸兵使。

癸巳[8], 領兵入晉州城, 與義兵副將張公潤, 金海府使李公宗仁[9]等, 協力防守, 賊不敢逼。未幾, 公與張副將, 相繼中丸, 城遂陷。事聞, 贈右贊成[10], 旌門。

잘 썼고 800 근의 활을 잡아당길 수 있는 정도의 장사였다. 그는 황진과 함께 가장 무공을 많이 세운 장수였다.

7) 孔時億(공시억) : 전남 화순 동복 출신으로 용력이 뛰어난 인물. 황진, 위대기와 함께 무공을 한껏 보인 장수였다.

8) 癸巳(계사) : 宣祖 26년인 1593년.

9) 李公宗仁(이공종인, ?~1593) : 본관은 全州, 자는 仁彦. 李滉의 문인이다. 1576년 무과에 급제, 1583년 軍官으로 李濟臣의 반란을 평정했고, 후에 북방 수비에 수차 공을 세웠다. 1593년 金海府使로서 晉州城이 왜적에게 포위되자 전라도관찰사 黃進 등과 함께 성을 방어, 끝까지 용전했으나 성이 함락되어 南江에 뛰어들어서 순국했다.

10) 贈右贊成(증우찬성) : 선조 26년(1593) 8월 7일에 증직됨.

<h1 style="text-align:center">장윤 張潤
(1552~1593)</h1>

부장(副將) 장윤(張潤)은 순천부(順天府)에서 살았다. 어려서부터 자존심이 강하였다. 무과에 급제하였다. 사사로이 청탁하는 것을 일삼지 않았는데, 주위의 사람들이 간혹 벼슬자리에 나아가기를 권유하면, 그가 말하기를, "벼슬하는 것을 급하게 여기는 자는 반드시 남에게 제재를 받을 것이어서 매사에 자유로울 수가 없으니, 옥중의 죄수가 포승줄에 묶인 것과 무엇이 다르겠는가?" 하였다. 일찍이 발포 만호(鉢浦萬戶)이었을 때 수사(水使)에게 미움을 사자 곧장 인끈을 풀어놓고 관직을 떠나버렸다. 그의 지조와 기개가 이와 같았을지라도 사람들은 아는 자가 없었으니, 모두 예사로운 무부(武夫)로만 대하였다. 몇 년간 벼슬길이 막혀서 오직 사냥이나 하며 지냈다.

임진왜란 일어났을 때 공은 수성장(守城將)으로서 순천부에 머물러 있었다. 때마침 진보 현감(眞寶縣監) 임계영(任啓英)이 의병을 일으키고, 공에게 부장(副將)이 되어주기를 청하였다. 공은 호령이 엄하고 분명하였으며, 공이 있는 사람에게는 상을 주고 죄를 범한

자에게는 반드시 벌을 주었으며, 사졸들과는 고락을 같이하였다. 임계영은 이에 군대에 관한 모든 일을 공에게 맡겼다. 계사년(1593)에 의병을 이끌고 진주성(晉州城)으로 들어갔다. 이때 서예원(徐禮元)이 목사(牧使)이었지만 교활하기가 그지없어서 인심이 복종하지 않았다. 왜적이 쳐들어오자 또 병을 핑계하고 성을 빠져나가기를 바라니, 군사들은 모두 분노하였다. 창의사(倡義使 : 김천일)와 여러 장수들이 서로 의논하여 공으로 하여금 임시로 서예원을 대신하게 하고, 조정에 장계를 올려 보고하였다. 이에 성안의 사람들은 각기 마음과 힘을 다하였으니, 죽을 각오를 하고 굳게 지키려는 뜻이 있었다. 공이 마침내 충청 병사(忠淸兵使) 황진(黃進), 김해 부사(金海府使) 이종인(李宗仁) 등과 함께 서로 협력하여 막고 지키니, 왜적이 감히 침범하지 못했다. 오래지 않아서 공과 병사 황진이 서로 잇따라 적의 탄환에 맞았고, 성은 마침내 함락되었다. 이러한 일이 알려져 병조 참판(兵曹參判)에 추증되었다.

張潤

張副將潤, 居順天府。 自少兀倨。 登武科[1]。 不以干謁[2]爲事,
人或勸之仕則曰：“以仕爲急者, 必受制於人, 每事不得自由, 與獄
中囚拘何異?” 嘗爲鉢浦萬戶[3], 見忤於水使, 即日解印去。 其志槩
如此, 而人無知者, 皆以尋常武夫視之。 沈滯累年, 惟事射獵[4]。

壬辰亂作, 公以守城將, 留本府。 會任眞寶啓英起兵, 請公爲副
將。 公號令嚴明, 信賞必罰, 與士卒同甘苦。 任乃悉以兵事委公。
癸巳, 領兵入晉州城。 時徐禮元[5]爲牧使, 巧詐無狀, 人心不服。 及

---

1) 登武科(등무과) : 1582년 무과에 급제함. 즉시 北道의 邊將에 제수되었다.
2) 干謁(간알) : 사사로이 청탁하는 일.
3) 鉢浦萬戶(발포만호) : 1583년에 장윤이 나아간 벼슬자리. 발포는 전남 고흥군 도
   화면 내발리에 있었다.
4) 射獵(사렵) : 활을 쏘아 하는 사냥.
5) 徐禮元(서예원) : 1585년 회령의 甫乙下鎭僉節制使로 정탐의 임무를 띠고 두만강
   을 건너 오랑캐 땅에 깊이 들어갔으나 80여 명의 부하를 모두 잃고 패주한 죄
   로 鐘城에 수감되었다. 그 뒤 석방되어 김해부사로 있을 때 1592년 임진왜란이
   일어나 성을 수비하던 중 적이 보리를 베어다가 성의 높이와 같게 쌓고 쳐들어
   오자 패주하였다. 그 후로 의병장 金沔과 협력하여 지례의 왜적을 격퇴하고, 1
   차진주성싸움에 목사 金時敏을 도와 왜적과 항전하였다. 김시민이 병으로 죽자
   경상우도병마절도사 겸 순찰사 金誠一에게 발탁되어 진주목사가 되었으나 이듬

賊至, 又稱病求出城, 軍皆憤怒。倡義使與諸將相議, 以公權代6)禮
元, 啓聞于朝。於是, 城中各厲心力, 有固守必死之志。公遂與忠淸
兵使黃公進, 金海府使李公宗仁等, 協力防守, 賊不敢逼。未幾, 公
與黃兵使, 相繼中丸, 城遂陷7)。事聞, 贈兵曹參判8)。

해 왜적이 재차 진주성을 공격해오자 성을 버리고 숲속에 숨어 있다가 살해당
하였다.
6) 權代(권대) : 임시로 대신함.
7) 2차 진주성 싸움에서 패하여 진주성이 함락된 것은 1593년 6월 29일임.
8) 1593년 8월 4일 비변사가 포상을 청하여 8월 7일 병조참판에 추증됨.

김경로 金敬老
(1548~1597)

조방장(助防將) 김경로(金敬老)는 남원부(南原府)에서 살았다. 젊었을 때는 일찍이 과거 공부를 하였지만, 중년이 되어서는 붓을 던져버리고 종군(從軍)하였는데, 무과(武科)에 급제하여 당상관(堂上官)에 올랐다. 정유년(1597) <원균(元均)이> 한산도(閑山島)에서 패배하니, 왜적들이 세 갈래 길로 나뉘어 계속 몰아치며 남원(南原)을 쳐들어오자, 여러 진(鎭)과 고을들이 멀리서 그 위세만을 보고도 달아나 뿔뿔이 흩어졌고, 병사(兵使)와 수사(水使) 및 여러 장수들도 어디로 갔는지 알 수가 없었다.

이때 공은 조방장으로서 전주(全州)에 머물러 있었고, 병사(兵使) 이복남(李福男)은 순천(順天)에 머물러 있었는데, 남원에 포위가 조여들고 있다는 소식을 듣고 모두 이틀 길을 하루에 걸으며 재빨리 진군하여 순창(淳昌)에서 서로 만났다. 공이 이복남에게 말하기를, "진주(晉州)는 천연적으로 험한 요충지이고 병사도 또 수만 명이었지만 열흘도 되지 않아 함락되었소. 지금 이곳 남원의 형편은 진주만 못하오. 양총병(楊摠兵 : 명나라 楊鎬)이 단지 3천의 병마만 거느리고 있고 우리나라 장수들은 한 명이라도 구원하러 오는 사람이 없으니, 며칠이 되지 않아 성은 반드시 함락될 것이오. 어찌하여 명나라 군사만이 홀로 우리나라의 일로 죽게 해야 한단 말이오?” 하였다. 이복남이 자리에서 일어나 그의 손을 잡으며 말하기를, “공의 말이 바로 나의 뜻과 합치하오.” 하고는 마침내 공과 더불어 군중(軍中)에 명령을 내려 이르기를, “따르기를 원하는 자는 남고, 따르기를 원하지 않는 자는 떠나가라.” 하니, 군중에서 혈기가 넘치는 장정 임사미(林士美) 등 따르기를 원하는 자가 100여 명이었다. 그리하여 교룡산(蛟龍山)에서 내려와 곧바로 성중(城中)으로 들어갔다. 왜적은 구름처럼 진을 쳤는데, 성 남쪽의 앞 들판에 수십 리나 가득 메었다. 공과 이복남이 적의 둔친 것을 바라보고는 서로 손뼉 치면서 크게 웃으며 말하기를, “몸을 던져 나라에 보답할 때가 바로 이때이로다.” 하고, 병사들을 지휘하여 바로 쳐들어가면서 소라를 울리고 뿔피리를 부는데 두려워하거나 동요하는 기색이 전혀 없었다. 양총병이 감동하여 탄복하기를, “동국(東國 : 조선)에 남자는 오로지 이 두 사람뿐이다.” 하였다. 성이 함락되었지만, 공과 이복남 및 장수들과 사졸들이 칼을 휘두르며 왜적을 베다가 힘이 다하여 죽었다.

金敬老

金助防敬老, 居南原府。 少時嘗從擧子業, 中年投筆[1], 登武科,
陞堂上。 丁酉閑山之潰[2], 賊分三道, 長駈入南原, 各鎭列邑, 望風
奔散[3], 閫帥[4]諸將, 不知所去。

時公以助防將留全州, 李兵使福男[5]駐順天, 聞南原圍急, 皆倍

---

1) 投筆(투필) : 붓을 던진다는 말로, 從軍을 뜻함. 後漢의 명장 班超가 젊었을 때 집
   이 가난하여 항상 글씨를 써 주는 품팔이 생활을 하다가, 한번은 붓을 던지면서
   말하기를 "대장부가 별다른 지략이 없다면, 부개자나 장건이라도 본받아서 이역
   에 나아가 공을 세워 봉후가 되어야지, 어찌 오래도록 필연 사이에만 종사할 수
   있겠느냐?(大丈夫無它志略, 猶當效傅介子張騫, 立功異域, 以取封侯, 安能久事筆硏閒
   乎?)"고 한 데서 나온 말이다.
2) 閑山之潰(한산지궤) : 한산도 앞바다에서 1592년 7월 8일에는 조선 수군이 일본
   수군을 크게 무찔렀지만, 1597년에는 元均이 참패하였는데, 후자를 일컬음,
3) 望風奔散(망풍궤산) : 멀리서 위세만 보고도 도망치고 흩어짐. 곧, 위풍에 눌려
   싸우려 하지도 않고 복종함을 일컫는다.
4) 閫帥(곤수) : 병마절도사(兵使)와 수군절도사(水使)를 예스럽게 부르던 말.
5) 李兵使福男(이병사복남, ?~1597) : 본관은 羽溪. 일찍이 무과에 급제한 뒤 1592
   년 나주판관이 되고, 이듬해 전라방어사·忠淸助防將, 1594년 남원부사·전라도
   병마절도사, 1595년 나주목사 등을 역임하였다. 다시 전라도병마절도사가 되었
   고, 1597년 정유재란 때 남원성에서 왜군과 싸우던 중, 조방장 金敬老, 山城別將
   申浩 등과 함께 전사하였다. 좌찬성에 추증되고, 1612년 남원 충렬사에 봉향되
   었다. 시호는 忠壯이다.

道6)亟進, 相遇於淳昌。公謂福男曰："晉州, 天險之地, 兵且數萬, 而見陷於旬日之內。今此南原形勢, 不如晉州。楊摠兵7), 只有三千兵馬, 我國諸將, 無一人來援, 不出數日, 城必陷矣。豈可使天兵獨死於我國之事乎?" 福男起而執其手曰："公言正合我意." 遂與公令軍中曰："願從者留, 不願從者去." 軍中壯士林士美等願從者百餘人。於是, 自蛟龍山8)下, 直入城中。賊陣雲集, 城南前野, 彌滿數十里之間。公與福男, 望見賊屯, 相與抵掌大笑曰："捐身報國, 此其時矣." 遂揮兵直進, 鳴螺吹角, 了無怖擾之色。楊摠兵爲之感動, 嘆曰："東國男子, 此惟二人而已." 及城陷, 公與福男及諸將士, 奮劒斫賊, 力盡而死。

---

6) 倍道(배도) : 倍道兼行. 이틀에 갈 길을 하루에 걸음. 갑절의 길을 감.
7) 楊摠兵(양총병) : 명나라 楊鎬. 1597년 정유재란 때 經略朝鮮軍務使가 되어 참전했다. 다음 해 울산에서 벌어진 島山城 전투에서 크게 패해 병사 2만을 잃었다. 이를 승리로 보고했다가 탄로나 거의 죽을 뻔 하다가 대신들의 도움으로 목숨을 구하고 파직되었다.
8) 蛟龍山(교룡산) : 전라북도 남원시의 대산면 옥률리에 있는 산.

안영 安瑛
(1564~1592)

수재(秀才) 안영(安瑛)의 자는 원서(元瑞)이다. 기묘 명류(己卯名流) 홍문관 교리(弘文館校理) 안처순(安處順)의 증손자이고, 판서(判書) 이후백(李後白)의 외손자이다. 남원부(南原府)에서 살았다. 어버이를 섬김에 효성이 지극하였다. 임진왜란 때 원서는 남원의 전장(田庄)에 있었는데, 어머니 이씨는 서울의 집에 있다가 난리를 만나 서로 찾지 못하였다. 원서는 피난길에 오른 사녀(士女)들이 강화에 많이 들어갔다는 소식을 듣고 어머니 이씨의 거처를 묻기 위해 가려 하였으나, 왜적들이 사방에서 모여들어 도로가 통하지 않고 막혔다. 원서는 밤낮으로 울부짖었다.

마침 초토사(招討使) 고경명(高敬命)이 의병을 일으켜 장차 강화도로 들어가려 하였다. 원서는 마침내 초토사의 군중(軍中)에 들어갔는데, 그렇게 함으로써 어머니를 찾으려는 것이었다. 원서는 이때 이름이 알려지지 않아서 막하의 제생(諸生)들이 모두 거리낌 없이 큰소리를 치며 그를 깔보았지만, 원서는 오직 날마다 대오를 따라다니기만 했을 뿐이었다.

군대가 싸움에 지자, 제생들은 일시에 흩어져 달아났으나 원서
만은 달아나 가지 않고는 고경명에게 장차 물러났다가 후일을 다
시 도모하자고 청하였다. 고경명이 말하기를, "나는 응당 항전하
다가 죽을 것이니 자네는 속히 나가게." 하며, 꼼짝도 않고 가만히
있었다. 원서는 고경명을 부축하여 말위에 태웠으나, 고경명이 말
타는데 익숙하지 않아 말에서 떨어졌고 말은 달아났다. 원서는 자
기가 타던 말을 고경명에게 주고 자신은 도보로 뒤를 따랐다. 왜
적이 이미 바싹 다가오자, 고경명이 원서에게 피하여 달아나라고
하였으나 원서는 듣지 않았다. 학유(學諭) 유팽로(柳彭老)가 이르자,
원서는 유팽로와 함께 힘을 합쳐서 고경명을 구하고자 했으나, 마
침내 다 같이 죽었다. 이러한 일이 알려져 장악원 첨정(掌樂院僉正)
에 추증되었고, 정문(旌門)을 세워주었다.

安瑛

安秀才瑛, 字元瑞。 己卯名流弘文校理處順[1]之曾孫, 李判書後白[2]之外孫也。 居南原府。 事親至孝。 壬辰, 元瑞方在南原庄上, 母夫人李氏在京第, 遭亂相失。 元瑞聞避亂士女多在江華, 欲往問李氏去處, 賊兵四合, 道路不通。 元瑞晝夜號泣。

---

1) 處順(처순) : 安處順(1492~1534). 본관은 順興, 자는 順之, 호는 幾齋·思齋堂. 1517년 홍문관박사가 되었으나, 어머니를 부양하기 위하여 구례현감으로 제수되었다. 이 해 2월 구례현감으로 제수될 때 왕이 불러서 학교를 일으키라고 교시하자, 그는 ≪近思錄≫을 간행, 보급하여 지방학교 진흥에 노력하였다. 1519년 기묘사화에 李荇과 함께 연루되었다가 겨우 화를 면하고 은퇴하였다가 成均館學官·鏡城教授를 지내고, 1533년 典籍으로 제배된 뒤 養賢庫主簿·奉常寺判官에 이르렀다. 43세에 병을 얻어 남원부 黑城山에 안치됨으로써 일생을 마쳤다.
2) 後白(후백) : 李後白(1520~1578). 본관은 延安, 자는 季眞, 호는 青蓮. 1535년 鄉試에 장원하고 곧 상경하여 李義健·崔慶昌·白光勳 등에게서 배웠다. 1546년 사마시에 합격하고, 1555년 식년문과에 급제하여 승문원주서를 거쳐 시강원설서·사서·정언·사간·병조좌랑·이조정랑·사인 등을 역임하였다. 1567년 遠接使의 종사관이 되어 명나라 사신을 맞았고, 그해에 동부승지에 발탁되었으며 이어 대사간·법조참의를 거쳐 도승지를 역임하였다. 1571년 정시문과에 장원하고 이어 예조참의·홍문관부제학·이조참판을 역임하였으며, 1573년 辨誣使로 명나라에 다녀왔다. 1574년 형조판서가 되고 다음해 평안도관찰사가 되어 선정을 베풀었다. 그 뒤 이조판서와 兩館의 제학을 지내고, 호조판서로 있을 때에 휴가를 얻어 함안에 성묘를 갔다가 그곳에서 죽었다.

會高招討起兵, 將入江華。 元瑞遂詣招討軍中, 欲因以尋母。
元瑞時未知名, 幕下諸生, 皆高談大言, 藐視之, 元瑞惟日隨行逐
隊而已。

及軍敗, 諸生一時散走, 元瑞獨不去, 請高公且退, 更圖後舉。
高公曰 : "我當止死, 君可速出." 凝然[3]不動。元瑞扶高公上馬, 高
公不閑[4]騎馬, 墮地馬逸。 元瑞以其所乘馬授高公, 而元瑞步從于
後。 賊旣逼, 高公勸元瑞避走, 元瑞不肯。 及柳學諭彭老[5]至, 元瑞
與柳公, 同力救高公, 遂與同死。 事聞, 贈掌樂僉正[6], 旌門。

---

3) 凝然(응연) : 꼼짝 않고 가만히 있는 모양.
4) 不閑(불한) : 익숙하지 않음. 閑은 嫺으로 익숙함이다.
5) 彭老(팽로) : 柳彭老(1554~1592). 본관은 文化, 자는 享叔과 君壽, 호는 月波.
   1579년 사마시에 합격하고 1588년 식년문과에 급제했으나 출사를 단념하고 옥
   과에 거주하였다. 1592년 임진왜란이 일어나자 양대박, 안영 등 읍민 주민들과
   함께 의병을 일으켜 고경명 휘하의 장수가 되어 제2차 금산 전투에서 싸우다
   전사하였다.
6) 안영은 1595년에 장악원 첨정에 증직되었고, 1683년 승정원 좌승지에 추증되
   었음.

류팽로 柳彭老
(1554~1592)

학유(學諭) 류팽로(柳彭老)의 자는 군수(君壽)이다. 옥과현(玉果縣)에서 살았다. 성품은 지극히 효성스러웠다. 문과에 급제한 후 벼슬에 나아가는데 뜻이 없었다. 주위의 사람들이 벼슬자리에 나아가기를 권유하면, 그가 말하기를, "내가 벼슬살이를 하지 않으려는 것이 아니나 억지로 이룰 수는 없는 것이다. 파리나 개처럼 구차히 탐내는 것은 나의 본심이 아니다." 하였다. 그는 세도(勢道)와 명리(名利)에 덤덤하기가 이와 같았는데도, 당시 사람들이 그의 어짊을 알지 못하여 시골에 10여 년을 물러나 있었다.

임진왜란이 일어나자 공은 고을의 많은 선비들과 담양부(潭陽府)에서 회동하여 고경명(高敬命)을 맹주(盟主 : 의병장)로 추대하였다. 공은 막하의 종사관이었기 때문에 함께 금산(錦山)으로 달려갔다. 공이 장수들과 사졸들에게 이르기를, "금산의 왜적은 그 수가 수만 명인데, 우리는 제대로 훈련받지 못한 오합지졸들이니 결코 막아내기가 어려울 것이오. 나의 생각으로는 여러 군대들과 함께 힘을 합하여 험한 요충지를 나누어 지키고 있으면서, 왜적이 교만하고 나태해지기를 기다렸다가 정예 군사를 뽑아 사방에서 공격하는 것이 옳을 듯하오." 하였다. 공은 한쪽 눈이 멀었고 용모가 뛰어났던 것이 아니었기 때문에, 막하의 장수들과 사졸들이 모두 그를 무시하면서 그의 계책을 쓰지 않았다.

마침내 의병들을 진격시켜 군대가 궤멸되던 날, 공은 고경명과 다른 곳에 떨어져 있어서 고경명이 이미 탈출했을 것으로 생각하고 여러 장사(將士)들과 동시에 빠져나와 돌아왔으나, 고경명이 미처 빠져나오지 못한 것을 알고 급히 말을 몰아서 되돌아들어가려 하자, 하인이 말고삐를 부여잡고 울며 말렸다. 공은 듣지 아니하고 칼로 하인을 베려하자, 하인이 어찌할 수 없어 말고삐를 놓아주고 그 뒤를 따라 갔다. 그리하여 공이 달려가서 수재(秀才) 안영(安瑛)과 함께 힘을 합쳐 고경명을 구하려다가 마침내 적에게 죽임을 당하였다. 이러한 일이 알려져 사간원 사간(司諫院司諫)에 추증되었고, 정문(旌門)을 세워주었다.

柳彭老

柳學諭彭老, 字君壽。居玉果縣。性至孝。登文科[1]後, 無意於仕進。人勸之仕則曰："吾非不欲仕, 不可以力致。蠅營狗苟[2], 非余本心." 其恬於勢利如此, 時人莫知其賢, 屛居田間十餘年。

壬辰, 公與列邑多士, 會潭陽府, 推高公敬命爲盟主。公因從事幕下, 俱赴錦山。公謂諸將士曰："錦山之賊, 其衆數萬, 以我烏合, 決難抵當[3]。吾意莫如與諸軍幷力, 分據險要, 待賊驕惰, 選精銳, 四合擊之可也." 公一目眇, 容貌不揚[4], 幕下諸壯士, 皆侮之, 不用其計。

遂進兵, 軍潰之日, 公與高公異處, 意高公已脫, 與諸將士, 同時走還, 及聞高公未出, 遽策馬入, 奴叩馬泣諫。公不聽, 以劍斫奴,

---

1) 登文科(등문과) : 1588년 문과에 급제한 것을 일컬음.
2) 蠅營狗苟(승영구구) : 韓愈가 지은 <送窮文>의 "파리 떼가 붕붕거리고 개가 꼬리를 흔들면서 쫓아도 다시 돌아오는 것처럼 한다.(蠅營狗苟, 驅去復還.)"에서 나온 말이다.
3) 抵當(저당) : 서로 맞서서 막아냄.
4) 不揚(불양) : 좋다는 평을 듣지 못함.

奴不得已釋馬銜, 隨後從行。於是, 公馳進, 與安秀才瑛, 同力救高
公, 遂爲賊所殺。事聞, 贈司諫院司諫[5], 旌門。

양산숙 梁山璹
(1561~1593)

　좌랑(佐郞) 양산숙(梁山璹)의 자는 회원(會元)이다. 기묘 명류(己卯名流) 홍문관 교리(弘文館校理) 양팽손(梁彭孫)의 손자이고, 부윤(府尹) 양응정(楊應鼎)의 셋째 아들이다. 나주(羅州)에서 살았다. 일찍이 우계(牛溪 : 성혼) 선생의 문하에서 가르침을 받았으나 시국이 갈수록 그릇되어 가는 것을 보고는 마침내 과거 공부에 뜻을 버렸다. 나주 남쪽의 삼향리(三鄕里)에 터를 잡고 살았는데, 본가(本家)로부터 백여 리가 되었지만 부모님께 문안을 갈 때면 언제나 반드시 걸어서 수고로움을 익혔다.

　임진왜란이 일어나자 회원은 정병(精兵) 수백 명을 모으고는 김천일(金千鎰)을 추대하여 맹주(盟主 : 의병장)로 삼고 강화도로 들어갔다. 회원이 강화도에서 낮에는 숨고 밤에는 길을 달려 행재소(行在所)로 분문(奔問 : 급히 달려가 문안함)하니, 특명으로 공조 좌랑(工曹佐郞)에 제수하시고, 조정의 신하들 중에는 머물러 벼슬하도록 권하는 자가 있었지만, 회원은 고사하고 돌아왔다.

　계사년(1593) 김천일이 진주성을 지키면서 회원으로 하여금 명나라 장수[劉綎]에게 구원을 청하도록 하였다. 회원은 말하는 기품이 매우 비분강개하였고 말하면서 눈물도 함께 흘리니, 명나라 장수는 탄복하면서도 여전히 출병하려 하지 않았다. 돌아왔을 때에는 왜적이 이미 성에 바싹 다가가 있었는데, 회원과 동행한 몇 사람은 모두 도로 달아났다. 회원이 울먹이며 말하기를, "위태로운 때를 만나 구차히 죽음을 모면하고자 주장(主將)으로 하여금 혼자만 죽을 처지에 빠지게 함이 옳겠는가?" 하고, 남강(南江)을 통해 성안으로 들어가니 군사들이 모두 놀랐다. 회원은 물가에서 생장하여 어려서부터 헤엄을 잘 쳤기 때문에, 성이 함락되기에 이르렀을 때 그의 힘으로는 죽음을 모면할 수 있었다. 그러나 회원은 의리상 혼자서만 살 수가 없어 끝내 김천일과 함께 남강에 뛰어들어서 죽었다. 정유년(1597)의 변란 때에는 회원의 아내 이씨(李氏)가 승달산(僧達山)에 숨어 피란하였다가 왜적을 만나자 장도칼을 뽑아 목을 찌르고 죽었다.

梁山璹

梁佐郎山璹, 字會元。 己卯名流弘文校理彭孫[1]之孫, 府尹應鼎[2]之第三子也。 居羅州。 嘗出入牛溪[3]先生門下, 見時事日非, 遂

---

1) 彭孫(팽손) : 梁彭孫(1480~1545). 본관은 濟州, 자는 大春, 호는 學圃. 문장에 능하여 13세 때 宋欽의 문하에 들어갔고 趙光祖와 함께 생원시에 합격하였고, 1516년 문과에 급제하였다. 正言을 거쳐 조광조 등과 함께 賜暇讀書를 했고, 1519년 校理로 재직 중 기묘사화로 삭직 당했다. 1537년 金安老가 賜死된 후 복관되어 1544년 龍潭縣令을 지내다 사직했다.

2) 應鼎(응정) : 梁應鼎(1519~1581). 본관은 濟州, 자는 公燮, 호는 松川. 梁彭孫의 아들이다. 1540년 생원시에 장원, 1552년 式年文科에 급제하여 弘文館 正字로 임명되었다. 1556년 文科重試에 장원하였다. 1578년 工曹參判이 되었고 聖節使로 명나라를 다녀왔다. 은퇴하여 羅州에 살면서 鄭澈·白光勳·崔慶昌 등의 제자를 길렀다. 문장에 능하여 선조조 八文章의 한사람으로 꼽혔다.

3) 牛溪(우계) : 成渾(1535~1598)의 호. 본관은 昌寧, 자는 浩原, 호는 默庵. 1594년 石潭精舍에서 서울로 들어와 備局堂上·좌참찬에 있으면서 <편의시무14조>를 올렸다. 그러나 이 건의는 시행되지 못하였다. 이 무렵 명나라는 명군을 전면 철군시키면서 대왜 강화를 강력히 요구해와 그는 영의정 柳成龍과 함께 명나라의 요청에 따르자고 건의하였다. 그리고 또 許和緩兵(군사적인 대치 상태를 풀어 강화함)을 건의한 李廷馣을 옹호하다가 선조의 미움을 받았다. 특히 왜적과 내통하며 강화를 주장한 邊蒙龍에게 왕은 비망기를 내렸는데, 여기에 有識人의 동조자가 있다고 지적하여 선조는 은근히 성혼을 암시하였다. 이에 그는 용산으로 나와 乞骸疏(나이가 많은 관원이 사직을 원하는 소)를 올린 후, 그 길로 사직하고 연안의 角山에 우거하다가 1595년 2월 파산의 고향으로 돌아왔다.

絶意科業。卜居于州南三鄕里。去本家百餘里，每省親，必徒步習
勞。

　　壬辰，會元募得精兵[4]數百人，推金公千鎰爲盟主，入江華。會
元自江華，晝伏夜行，奔問行在，特命除工曹佐郞，朝臣有勸留仕
者，會元固辭而還。

　　癸巳，金公守晉州城，使會元請救於天將[5]。會元辭氣慷慨，言
淚俱發，天將歎服，猶不肯出兵。及還，賊已逼城，會元同行數人，
皆還走。會元泣曰：“臨危苟免，使主將獨陷死地，其可乎?” 自南
江入城，一軍皆驚。會元生長水邊。自少善泅游，及城陷，力可以免。
而會元義不獨生，遂與金公，同赴水死。丁酉[6]之變，會元妻李氏，
入僧達山[7]避兵，遇賊拔佩刀，自剄而死。

---

4) 精兵(정병) : 우수하고 강한 군사.
5) 天將(천장) : 명나라 장수 劉綎을 일컬음.
6) 丁酉(정유) : 宣祖 30년인 1597년.
7) 僧達山(승달산) : 전라남도 무안군의 중앙부에 위치하며 청계면과 몽탄면의 경계
　　에 있는 산.

문홍헌 文弘獻
(1551~1593)

진사(進士) 문홍헌(文弘獻)의 자는 여징(汝徵)이다. 능성현(綾城縣)에서 살았다. 효도하고 우애하는 행실, 믿음직하고 의로운 지조는 동료들이 추앙하고 인정하였다. 당시 호남의 선비들은 당파가 갈라져 뿔이 맞서듯이 대립하면서 서로 비방하고 배척하였는데, 오직 여징만은 논의하는 것이 온화하고 공평하였다. 그래서 서울이나 시골 등 각지 사람들의 말이 남방의 인물에 미치게 되면 반드시 여징을 거두(巨頭)로 여겼다.

임진왜란 때에 몇 명의 동지들과 초토사(招討使) 고경명(高敬命)의 군대를 따랐고, 금산(錦山)에서 패배한 뒤에는 또 병사(兵使) 최경회(崔慶會)를 맹주(盟主 : 의병장)로 추대하였다. 여징은 막하(幕下)의 참모가 되었기 때문에 군대 안의 모든 일은 여징이 아니고서는 처리할 수가 없었으니, 사람들이 모두 탄복하였다. 계사년(1593) 6월에 여러 의병장들이 함안(咸安)에서 진주성으로 들어갔는데, 최 병사가 여징에게 이르기를, "자네들이 헛되이 죽으면 아무런 도움이 못 될 것이니, 곧장 본도(本道 : 호남)로 돌아가서 다시 거사를 꾀하는 것만 못하네." 하였다. 여징은 이미 함께 거사하기로 했는데 의리상 혼자서만 살 수 없다고 생각하고는 마침내 성으로 들어갔고, 성이 함락되자 최 병사와 함께 강물에 뛰어들어 죽었다.

왜적이 물러나자, 능성현의 사인(士人)들이 두세 번 상소하여 정려문(旌閭門) 세워주기를 청하였으나 감사(監司)와 수령(守令)이 대수롭지 않게 처리하여 지금껏 포상하는 은전(恩典)을 입지 못하고 있으니, 모든 혈기가 있는 사람이라면 그 누가 분개하지 않으랴. 마지막으로는 여러 유생들이 서로 사사로이 중론을 취하여 최 병사의 사당(祠堂 : 화순 포충사)에 배향(配享)하였다.

文弘獻

文進士弘獻, 字汝徵。居綾城縣。孝友之行, 信義之操, 爲儕輩
所推許。時湖南士類, 分黨角立, 互相詆排, 惟汝徵持論和平。是以
京鄕語及南中人物, 必以汝徵爲巨擘[1]。

壬辰之變, 與若干同志, 從高招討軍, 錦山敗後。又推崔兵使慶
會爲盟主。汝徵因參謀幕下, 軍中諸事, 非汝徵不能辦, 人皆歎服。
癸巳六月, 義兵諸將, 自咸安[2]入晉州城, 崔兵使謂汝徵曰 : "君輩
徒死無益, 不如直還本道, 以謀再擧." 汝徵以爲旣與同事, 義不獨
生, 遂入城, 城陷, 與崔兵使, 同赴水死。

賊退, 本縣士子, 再三陳疏, 請旌表其閭, 監司守令, 置諸尋常,
迄未蒙褒典, 凡有血氣, 孰不憤惋? 最後諸生, 相與私採衆論, 配享
崔兵使祠宇[3]。

---

1) 巨擘(거벽) : 학식이나 어떤 전문 부분에서 남달리 뛰어난 사람.
2) 咸安(함안) : 경상남도에 있는 지명.
3) 1630년에 도내 사림들의 발의로 화순 褒忠祠에 배향됨. 1675년에 정려를 명받
   았고, 1691년 幼學 尹瑜의 소청으로 사헌부 지평에 추증되었다.

최희립 崔希立
(1568~1593)

주부(主簿) 최희립(崔希立)의 자는 입지(立之), 호는 효암(孝菴)이다. 남평현(南平縣)에서 살았다. 어려서부터 담력과 용기가 있었고, 의로운 기개를 자부하였다.

임진왜란 때에 초토사(招討使) 고경명(高敬命)의 군대를 따랐고, 금산(錦山)에서 패배한 뒤에는 또 병사(兵使) 최경회(崔慶會)의 막하에 속하여 별장(別將)이 되었는데, 전공(戰功)을 가장 많이 세워 훈련주부(訓鍊主簿)를 제수 받았다. 계사년(1593) 5월, 입지는 중한 병을 앓아서 함양에 있다가 겨우 나았다. 6월에 진주가 매우 급박하다는 소식을 듣고 밤낮을 가리지 않고 달려갔더니, 왜적이 이미 성에 바싹 다가가 있었다. 입지가 말을 치달려 왜적의 포위를 뚫고 들어가서 갓을 벗어 휘두르며 크게 외치기를, "나는 최희립이다." 하니, 성안의 사람이 문을 열어 안으로 들였다. 성이 함락되기에 이르렀을 때 하인이 울며 간청하기를, "아무 곳은 수심이 얕으니 몸만 담그고 건너실 수가 있습니다." 하자, 입지가 말하기를, "너만이라도 속히 나가서, 돌아가거든 온 가족에게 소식을 전하여라."

하고는, 마침내 최 병사와 함께 강물에 뛰어들어 죽었다.

　아, 입지가 집에 있을 때에는 시골구석의 포의(布衣 : 벼슬이 없는 선비)이었고, 군대에 있을 때에는 한낱 편비(編裨 : 군영의 副將)에 불과할 뿐이었으니, 비록 따라 죽어도 괜찮겠지만 죽지 않더라도 괜찮은 처지였다. 위태로운 때를 만나 피하지 않았고 죽어도 후회하지 않았으니, 그가 평소에 정해놓지 않았다면 능히 이 같을 수가 있었으랴. 아들 최준(崔浚)은 일찍 죽었고, 손자들은 아직 다 자라지도 않았다. 세상에 선(善)을 좋아하는 자가 없어 지금까지 수십 년이 이르도록 파묻혀 전하지가 않았으니, 참으로 애석하다. 지금 여기에 그 한두 가지만을 기록하여서, 훗날의 지언자(知言者 : 견식 있는 사람)를 기다리노라.

崔希立

崔主簿希立, 字立之, 號孝菴。居南平縣。少有膽勇, 以義氣自負。

壬辰變, 從高招討, 錦山敗後, 又屬崔兵使, 爲別將, 戰功最多, 授主簿之職。癸巳五月, 立之患重疾, 留咸陽[1]地, 僅得蘇。六月, 聞晉州事急[2], 罔晝夜馳進, 則賊已逼城。立之躍馬突圍, 揮笠大呼曰 : "我是崔某." 城中開門納之。及城陷, 奴泣請曰 : "某處水淺, 可以潛身得渡." 立之曰 : "汝但速出, 歸報一家." 遂與崔兵使。同赴水死。

噫! 立之在家則田畝間一布衣, 在軍則不過一褊裨耳, 雖從死可也, 不死亦可也。臨危不避, 死而無悔, 非其素定, 能若是乎? 子浚早歿, 諸孫尙未生長。世無好善者, 至今數十年, 埋沒無傳, 誠可痛惜。今於此記其一二, 以俟他日知言者[3]云。

---

1) 咸陽(함양) : 경남에 있는 지명.
2) 事急(사급) : 사태가 급박하다는 뜻으로, 매우 급박한 상황에 처하였음을 이르는 말.
3) 知言者(지언자) : 견식있는 사람. ≪맹자≫<公孫丑章句 上>의 "지언은 마음을 다하고 性을 알아서 모든 천하의 말에 대하여 그 이치를 구명하여 시비의 소이연을 알지 못함이 없는 것이다.(知言者, 盡心知性, 於凡天下之言, 無不究明其理, 而識其是非之所以然.)"에서 나온 말이다.

강희열·오유·오빈·김인혼 姜希悅·吳宥·吳玭·金麟渾
(?~1593)·(1544~1593)·(1547~1593)·(미상)

봉사(奉事) 강희열(姜希悅)은 광양현(光陽縣)에서 살았다. 임진왜란 때 의병을 모아 왜적을 무찔렀는데 분의장(奮義將)이라 불렸다. 진주의 수성장(守城將) 대부분 꾀를 써서 피하니 희열은 홀로 의병을 이끌고 달려들었고, 성이 함락될 때에는 온 힘을 다하여 싸우다가 죽었다.

봉사(奉事) 오유(吳宥)는 보성군(寶城郡)에서 살았다. 임진왜란 때 원수(元帥 : 권율)의 막하에 속하여 무엇보다도 의가 중하다는 것을 보였는데, 임피 현령(臨陂縣令) 고종후(高從厚)가 의병을 일으키고 원수에게 두세 번이나 첩보(牒報)를 보내고 청하여서 부장(副將)을 삼았다. 진주성이 함락될 때에는 온 힘을 다하여 싸우다가 죽었다.

정자(正字) 오빈(吳玭)은 광주(光州)에서 살았다. 기개(氣槪)와 도의(道義)를 스스로 다짐하였기 때문에 언제나 고경명 집안의 충효를 흠모하고 따랐다. 임피 현령(臨陂縣令) 고종후(高從厚)가 의병을 일으키자, 오빈은 막하의 종사(從事)가 되었다. 진주성이 함락될 때에는 고종후와 함께 강물에 뛰어들어 죽었다.

김인혼(金麟渾)은 진원현(珍原縣)에서 살았는데, 하서(河西 : 김인후) 선생의 사촌동생이다. 담력과 기개가 있었다. 임피 현령(臨陂縣令) 고종후(高從厚)가 의병을 일으키자, 김인혼은 막하의 참모가 되었다. 진주성이 함락될 때에는 고종후와 함께 강물에 뛰어들어 죽었다.

강희열과 오유 이하는 <진주서사(晉州敍事)>에 상세히 실려 있다.

姜希悅·吳宥·吳玭·金麟渾

姜奉事希悅, 居光陽縣。壬辰, 募兵討賊, 號奮義將。晉州守城將[1], 多謀避, 希悅獨領兵馳進, 城陷, 力戰而死。

吳奉事宥, 居寶城郡。壬辰亂, 屬元帥幕下, 最見義重, 高臨陂[2]起兵, 再三牒報[3]元帥, 請爲副將。晉州城陷, 力戰而死。

吳正字玭, 居光州。以氣義自許, 常歆服高門忠孝。及高臨陂起兵, 玭從事幕下。及晉州城陷, 與臨陂同赴水死。

金麟渾居珍原縣, 河西[4]先生從弟也。有膽氣。高臨陂起兵, 麟

---

1) ≪호남절의록≫에는 兵使 宣居怡와 助防將 洪季男 등이 성을 버리고 雲峰으로 출진하였다는 기록이 있음.

2) 臨陂(임피) : 高從厚(1554~1593)가 24세 때 임피 현령을 지냈기 때문에 이르는 말. 본관은 長興, 자는 道冲, 호는 隼峰. 형조좌랑 高雲의 증손으로, 할아버지는 호조참의 高孟英, 아버지는 의병장 高敬命이다. 1570년 진사가 되고, 1577년 별시문과에 급제하여 臨陂縣令에 이르렀다. 1592년 임진왜란 때 아버지 고경명을 따라 의병을 일으키고, 錦山싸움에서 아버지와 동생 高因厚를 잃었다. 이듬해 다시 의병을 일으켜 스스로 復讐義兵將이라 칭하고 여러 곳에서 싸웠고, 위급해진 진주성에 들어가 성을 지켰으며 성이 왜병에게 함락될 때 金千鎰·崔慶會 등과 함께 南江에 몸을 던져 죽었다.

3) 牒報(첩보) : 서면으로 상관에게 하는 보고.

4) 河西(하서) : 金麟厚(1510~1560)의 호. 본관은 울산이고, 자는 厚之이며, 호는 澹

渾參謀幕下。晉州城陷, 與臨陂同赴水死。

姜吳以下, 詳載晉州敍事。

발문 跋

오호라! 내가 지난 정미년(1607) 무렵에 일찍이 월정(月汀 : 윤근수) 선생을 집으로 찾아뵙고 하루 종일 모시고서 대화를 나누었다. 월정이 말하기를, "호남은 예로부터 절의가 있는 선비들이 많다고 하였는데, 임진왜란 때 의롭게 죽은 자가 몇 명이나 되는가? 초토사(招討使) 고경명(高敬命)과 창의사(倡義使) 김천일(金千鎰) 외에 나는 들어본 적이 없네." 하였다. 나는 병사(兵使) 최경회(崔慶會) 이하 10여 명의 언행과 사적을 낱낱이 아뢰며 열거하니, 월정이 크게 탄복하여 말하기를, "자네가 나를 위하여 그들의 사적을 적어 한 통을 만들어서 보내주면, 나는 응당 서발(序跋)을 지어서 편말(篇末 : 한 편의 끝)에 붙여 길이 전해지도록 하겠네." 하였다. 나는 "예, 예" 하며 물러나왔다. 그러나 우환이 깊어져서 묻어둔 채로 10여 년이나 흘렀어도 미처 원고 작성을 하지 못했거늘 월정이 갑자기 세상을 떠나셨다. 나는 그 분의 뜻을 이루지 못한 것을 애석하게 여겨 마음의 아픔과 슬픔이 몹시 깊었는데, 홀로 계당(溪堂)에 살면서 월정의 말을 다시금 생각하고는 이에 이 글들을 모으고 편집하여 이름을 '호남의록'이라고 붙였다.

　책이 다 이루어지자, 어떤 손님이 나를 힐난하며 말하기를, "이 책에 실려 있는 것은 세교(世敎)에 관계되니 참으로 아름답다 할 것이오. 그러나 임진년과 정유년의 왜란 때 우리 호남의 문인과 무사 중에는 흉적의 칼날에 죽은 사람이 이루 다 헤아릴 수가 없소. 그런데도 그대는 단지 병사 최경회 이하 10여 명만을 다루었으니, 어떠한 이유 때문인가?" 하였다. 나는 대답하기를, "그렇지는 않소. 저 흉적의 칼날에 죽은 문인과 무사들이라 하여, 어떻게 모조리 다 명백히 의롭게 죽은 사람들이라고 하겠소? 만일 의롭게 죽은 사적(事蹟)이 아주 명백하지 않으면, 그 의롭게 죽은 사람들 사이에 피리를 못 부는 사람이 진짜 잘 부는 사람 속에 섞여 있었던 것처럼 할 수는 없소. 이 10여 명 외에 더러 명백히 의롭게 죽은 사람들이 없지 않는데도 내가 미처 알지 못한 것이라면, 나는 장차 후세의 군자를 기다려서 계속 쓸 것이오." 하였다.

　손님이 말하기를, "난리가 일어난 뒤에 의롭게 죽은 사적이야 진실로 호남에만 그치지 않거늘, 그대는 단지 호남의 의사(義士)들만으로 한 권의 책을 엮었고 다른 지방의 의롭게 죽은 선비들은 그 사이에 끼워 싣지 않았으니, 또한 어떠한 의도가 있는가?" 하였다. 나는 대답하기를, "그렇지는 않소. 나는 병으로 몸을 제대로 가누지 못해 문을 닫고 나다니지 않아서 견문이 넓지 못하고, 사람들이 하는 말도 간혹 공정하지 않아서 도내(道內)의 인물조차도 자세히 알지 못하오. 하물며 먼 곳에서 어떻게 헐뜯거나 기리는 말의 그 진실을 알 수가 있겠는가? 이는 내가 감히 신중하지 않을 수 없는 까닭이니, 그 사이에 터럭만큼의 사사로운 마음이라도 있어서 저들을 버리고 이들만을 취한 것이 아니라오. 동래 부사(東萊府使) 송상현(宋象賢)이 '군신의 의리는 중하고 부자의 은혜는 가볍다.(君臣義重, 父子恩輕.)'고 한 것, 의주 목사(義州牧使) 김여물(金汝吻)이 '국가의 치욕은 씻지 못하고 장렬한 마음은 재가 되었다.(國恥未雪, 壯心成灰.)'고 한 것, 조방장(助防將) 유극량(劉克良)이 '의리로는 도망쳐 살 수 없고 기꺼운 마음으로 싸움에서 죽으리라.(義不退生, 甘心死綏.)'고 한 것, 해남 군수(海南郡守) 변응정(邊應井)이 며칠 동안 울다가 중봉(重峯 : 조헌)을 따라 죽은 것, 김해 부사(金海府使) 이종인(李宗仁)이 양쪽 겨드랑이에 왜적을 끼고 크게 외치며 강에 뛰어든 것, 병사(兵使) 이복남(李福男)이 죽음을 무릅쓰고 포위된 성에 들어가 명나라 군사와 함께 죽은 것 등으로 말하면, 그 꿋꿋한 충성심과 장한 절개[精忠壯節]는 그 누구도 이의를 달지 못하는 것이고 내가 존경하고 사모하는 것인데, 어찌 10여 명보다 아래이겠는가?" 하였다.

손님이 말하기를, "그렇다면 그대는 어찌하여 이 6명을 책 속에 아울러 기록하지 않았는가?" 하였다. 나는 대답하기를, "그렇지는 않소. 공자가 '열 집이 사는 마을에도 반드시 충성되고 믿음직스런 사람이 있다.'고 하셨소. 대저 호남이라는 일개의 도(道)로도 의로운 선비가 많아서 10여 명에 이르렀으니, 한 나라의 안에는 의롭게 죽은 사람이 어찌 이 6명만으로 그쳤을 뿐이겠는가? 그 중에는 반드시 내가 미처 알지 못했던 사람이 있었을 것이오. 지금에 와서 다만 이 6명을 책 속에 아울러 기록한들 다른 지방의 의롭게 죽은 선비들 가운데 빠진 이가 있기라도 한다면, 비록 내가 미처 알지 못했다고 말할 수는 있을지언정 그 불민(不敏)한 죄는 장차 남의 착한 일을 숨기는 자와 별반 다를 바가 없소. 그래서 지금 나는 다만 호남의 의사(義士)만을 거론한 것이오. 내가 자세히 아는 것으로써 이 책을 만든 것도 그 뜻이 이와 같은 데서 벗어나지 않소." 하였다. 손님은 꺼림칙한 마음이 없이 돌아갔다.

이로 말미암아 손님과 나누었던 말들을 적고 끄트머리에 발문으로 붙여서 내가 이 책을 편집한 의도를 표하고자 한다.

만력 무오년(1618) 음력 7월
죽산 안방준 공경히 쓰다.

≪호남의록≫ 끝. 천계 병인년(1626) 순천현 송광사 간행

跋

嗚呼! 余往在丁未[1]年間, 嘗拜月汀[2]先生於門下, 終日陪話。月汀曰 : "湖南古稱多節義之士, 壬辰之亂, 死義者幾人? 高招討·金倡義外, 吾未之有聞也." 余以崔兵使以下十餘人言行事跡, 一一陳

---

1) 丁未(정미) : 宣祖 40년인 1605년.
2) 月汀(월정) : 尹根壽(1537~1616)의 호. 본관은 海平, 자는 子固. 金德秀·李滉의 문인이다. 1558년 별시문과에 급제해 승문원권지부정자에 임용된 뒤 승정원주서·춘추관기사관·연천군수 등을 거쳐 1562년 홍문관부수찬이 되었다. 이때 기묘사화로 화를 당한 趙光祖의 伸寃을 청했다가 과천현감으로 체직되었다. 1565년 홍문관부교리로 다시 기용된 뒤 이조좌랑·正郎 등을 차례로 지내고, 이듬해 ≪명종실록≫ 편찬에 참여하였다. 1572년 동부승지를 거쳐 대사성에 승진, 이듬해 奏請副使로 명나라에 가서 宗系辨誣(명나라 ≪태조실록≫과 ≪대명회전≫에 이성계의 가계가 고려의 권신 李仁任의 후손으로 잘못 기록된 것을 시정하도록 요청한 일)를 하였다. 그 뒤 경상도감사·부제학·개경유수·공조참판 등을 거쳐 1589년 聖節使로 명나라에 파견되었다. 이듬해 종계변무의 공으로 光國功臣 1등에 海平府院君으로 봉해졌다. 1591년 우찬성으로 鄭澈이 建儲(세자 책봉) 문제로 화를 입자, 그가 정철에게 당부했다는 대간의 탄핵으로 형 윤두수와 함께 삭탈관직 되었다. 임진왜란이 일어나자 예조판서로 다시 기용되었으며, 問安使·遠接使·주청사 등으로 여러 차례 명나라에 파견되었고, 국난 극복에 노력하였다. 그 뒤 판중추부사를 거쳐 좌찬성으로 판의금부사를 겸했고, 1604년 扈聖功臣 2등에 봉해졌다. 1608년 선조가 죽자 왕의 묘호를 祖로 할 것을 주장해 실현시켰다.

列, 月汀大加歎服曰：“子爲我記其事跡, 爲一通以來, 吾當作序跋, 附于篇末, 以圖不朽也.” 余唯唯而退。憂患沈埋, 荏苒3)十餘年, 未及就稿, 而月汀遽捐館舍4)矣。余惜其志之未遂, 痛傷特深, 獨處溪堂, 追思月汀之言, 仍編集是書, 名之曰湖南義錄。

書旣成。客有難余者曰：“此編所錄, 有關世敎, 誠爲可嘉。抑壬辰丁酉之亂, 吾湖南文武士夫5)死於兇鋒者, 不可勝數。而子只取崔兵使以下十餘人, 何也?” 余曰：“不然。彼文武士夫之死於兇鋒者, 豈盡皆明白死義之徒乎? 若死義之跡, 不甚明白, 則不可使吹竽混眞6)於其間也。盖此十餘人之外, 或不無明白死義之人, 而余未及知者, 則吾將以俟夫後之君子而續筆焉.”

客曰：“亂後死義者, 固不止湖南, 子只以湖南義士, 編爲一書, 而他死義之士, 則不得與焉, 亦有意乎?” 余曰：“不然。余病廢7)杜門, 聞見不廣, 人之爲言, 亦或不公, 一道人物, 尙不能詳知。況於遠地, 其何能得其毀譽之眞乎? 此余所以不敢不謹, 非有一毫私意於其間而去彼取此也。至如宋東萊(象賢8))之君臣義重父子恩輕, 金

---

3) 荏苒(임염) : 차츰차츰 세월이 지나감.
4) 捐館舍(연관사) : 살던 집을 버린다는 뜻으로, ‘사망’을 높여 이르는 말.
5) 士夫(사부) : 남자를 아름답게 일컫는 말.
6) 吹竽混眞(취우혼진) : 피리를 불어 진짜 속에 섞임. ≪韓非子≫<內儲說上>의 “齊나라 宣王이 피리 연주를 좋아하여 항상 300인을 모아 합주하게 하자, 南郭處士라는 사람이 그 자리에 슬쩍 끼어들어 국록을 타먹곤 하였는데, 선왕이 죽고 湣王이 즉위한 뒤에 한 사람씩 연주를 하게 하자 본색이 드러날까 겁낸 나머지 도망쳤다.”는 고사에서 나온 말.
7) 病廢(병폐) : 병으로 인하여 몸을 제대로 쓰지 못하게 됨.

義州(汝吻9))之國恥未雪壯心成灰,　劉助防(克良10))之義不退生甘心死

綏11),　邊海南(應井12))之涕泣數日踵死重峯,　李金海(宗仁)之腋挾兩賊

---

8) 象賢(상현) : 宋象賢(1551~1592). 본관은 礪山, 자는 德求, 호는 泉谷. 1576년 별
   시문과에 급제하여, 승문원 정자 등을 거쳐 경성판관으로 나갔다. 1583년 司憲
   府持平으로 들어와 예조·호조·공조의 정랑이 되었다. 이듬해부터 두 차례에
   걸쳐 宗系辨誣使의 質正官으로 명나라에 다녀왔으며, 다시 지평이 되었다가 銀溪
   道察訪으로 좌천되었다. 그 뒤 배천군수로 나갔다가 1591년 동래부사가 되었다.
   이듬해 4월 13일 임진왜란이 일어나고, 14일 부산진성을 침범한 왜군이 동래성
   으로 밀어닥쳤을 때 적군이 남문 밖에 木牌를 세우고는 "싸우고 싶으면 싸우고,
   싸우고 싶지 않으면 길을 빌려라.(戰則戰矣, 不戰則假道.)" 하자, 이때 그가 "싸워
   죽기는 쉬우나 길을 빌리기는 어렵다.(戰死易, 假道難.)"고 목패에 글을 써서 항
   전할 뜻을 천명하였다. 그 뒤 적군이 성을 포위하기 시작하고 15일에 전투가 시
   작되었다. 그는 군사를 이끌고 항전했으나 중과부적으로 성이 함락 당하자 朝服
   을 덮어 입고 端坐한 채 순사하였다.
9) 汝吻(여물) : 金汝吻(1548~1592). 본관은 順天, 자는 士秀, 호는 披裘子·畏菴.
   1577년 문과에 급제하였으며, 충주도사를 거쳐 담양부사를 지냈다. 1591년에는
   의주목사로 있을 때, 서인 鄭澈의 당으로 몰려 파직되고 의금부에 투옥되었다.
   1592년 임진왜란이 일어났을 때 도체찰사 柳成龍이 김여물의 무략이 뛰어난 것
   을 알고 자신의 휘하에 두려고 하였으나, 도순변사 申砬의 요청으로 신립의 종
   사관으로 출전했다. 신립이 충주에 배수진을 치려고 하였을 때, 김여물은 많은
   왜적을 적은 군사로 물리치려면 조령을 먼저 점령하여 지켜야 한다고 주장했
   다. 이 또한 여의치 않다면 평지보다는 높은 언덕을 이용하여 왜적을 역습하는
   것이 좋겠다고 강력하게 주장했으나 채택되지 않았다. 결국 충청북도 충주의
   㺚川에 배수진을 치고 신립과 함께 彈琴臺 아래에서 용전분투했으나 왜적에게
   패하고 강에 투신하여 순국하였다.
10) 克良(극량) : 劉克良(?~1592). 본관은 延安, 바는 仲武. 선조 초에 무과에 급제,
   衛將이 되었다. 1591년 전라도수군절도사가 되고, 1592년 임진왜란이 일어나
   자 助防將으로 竹嶺을 수비했으나 패배했다. 이어 臨津江의 적을 방어하다가 전
   사했다.
11) 死綏(사수) : 군사가 패하면 마땅히 죽어야 함을 뜻하는 말.
12) 應井(응정) : 邊應井(1557~1592). 본관은 原州, 자는 文淑. 1585년 무과에 급제하
   였다. 越松萬戶·선전관 등을 거쳐 해남현감으로 재직 중 임진왜란이 일어나자
   관내의 소요를 진정시키는 한편, 격문을 돌려 의병을 규합하였다. 금산에서 趙

大呼投江，李兵使(福男)之冒入圍城同死天兵，其精忠壯節，人無間
然者，則余之景慕，豈在於十餘人之下哉?”

客曰：“然則，子何不以此六人，并錄於編中乎?” 余曰：“不然。
十室之邑，必有忠信13)。夫以湖南一道，義士之多，至於十餘人，則
一國之內，死義者豈止此六人而已? 其中必有余未及知者矣。今只
以此六人，并錄於編中，而他死義之士，或有遺焉，則雖曰余未及
知，其不敏之罪，將與蔽賢14)者，同一歸矣。今吾只擧湖南義士。
余所詳知者，以爲是書，其意不過如此而已.” 客釋然而退。

因記其語，跋于尾，以志余編集是書之意云。

萬曆紀元戊午15) 孟秋16)

竹山安邦俊敬書

湖南義錄終。天啓丙寅17) 順天縣 松廣寺刊

憲과 합류하여 공격할 것을 약속하였으나 행군에 차질이 생겨 조헌이 전사한
뒤에 도착, 육박전으로 왜적과 싸워 큰 전과를 올렸으나 적의 야습을 받아 장렬
히 전사하였다.

13) 十室之邑, 必有忠信(십실지읍, 필유충신)：열 집이 사는 마을에도 반드시 충성되
고 믿음직스런 사람이 있음. ≪논어≫<公冶長>에서 나오는 말이다.

14) 蔽賢(폐현)：≪명심보감≫<正己篇>의 “남의 착한 일을 숨기는 것은 폐현이라
말하고, 남의 약점만 드러내는 것은 이것이야말로 소인이 되는 것이다.(匿人之
善, 所謂蔽賢, 揚人之惡, 斯爲小人.)”에서 나온 말.

15) 萬曆紀元戊午(만력기원무오)：光海君 10년인 1618년.

16) 孟秋(맹추)：음력 7월을 달리 이르는 말.

17) 天啓丙寅(천계병인)：仁祖 4년인 1626년.

진주서사 晋州敍事*

　만력(萬曆) 21년 계사년(1593) 6월, 왜적이 진주성을 함락시키니 성을 지키던 장수들이 모두 죽었다. 이보다 앞서 임진년(1592) 여름에 왜적은 육로와 수로로 나뉘어 호남을 침략하려 했는데, 한 길은 한산도(閑山島)에 이르러 수사(水使) 이순신(李舜臣)에게 격파되었고, 또 한 길은 진주성에 이르러 판관(判官) 김시민(金時敏)에게 가로막혔으니, 모두 뜻을 이룰 수 없었다. 이로 인하여 왜적들은 늘 분하고 한스러워했다.

　계사년(1593) 봄에는 명나라 장수와 왜적들이 화의를 맺었고, 서울 바깥의 왜적들이 모두 영남에 모여들었다. 그리하여 군대의 기세가 불길같이 대단히 성하게 일어나자, 왜장(倭將) 가등청정(加藤淸正)이 풍신수길(豊臣秀吉)에게 보고하면서 진주를 다시 공격하고 이어 호남을 치겠다고 청하니, 풍신수길이 이를 허락하였다.

---

* <호남의록>에서 강희열, 오유, 오빈, 김인혼의 사적은 <진주서사>에서 자세하다고 한바, ≪隱峯全書≫ 권7 '記事'에 수록된 <진주서사>를 보충함.

6월 14일. 가등청정은 휘하 여러 장수들의 병력 수십만 명을 모아 동래(東萊)에서 출발하여 곧장 진주로 향하였다. 이때 총병(總兵) 유정(劉綎)과 유격(遊擊) 오유충(吳惟忠)은 대구에, 참장(參將) 낙상지(駱尚志)와 유격 송대빈(宋大斌)은 남원에, 유격 왕필적(王必迪)은 상주에, 유격 심유경(沈惟敬)은 왜장 소성행장(小西行長)의 병영에, 경략(經略) 송응창(宋應昌)은 한양에 있었다. 유정이 가등청정에게 공문을 보내었으니, 다음과 같다.

「일본이 우리의 속국(屬國 : 조선)을 무너뜨리려는 전쟁을 계속하여 참화가 이어지니, 황상(皇上 : 명나라 황제)께서 크게 진노하시어 특별히 절월(節鉞 : 지휘권과 생살권)을 내리시고 범 같은 신하만을 보내신 것은 탐욕스런 크나큰 고래[長鯨 : 왜적을 지칭]를 모조리 없애버려 동해(東海)를 영원히 맑게 하시려는 의도에서였다. 근래에 심유경(沈惟敬)이 왕래하면서 대면하여 강화하려 한 것으로 말미암아, 일본이 마침내 마음을 돌려 갑옷을 풀어놓고 납관표(納款表)를 바치며 맹약(盟約)하기를 빌면서 조선 땅으로부터 모두 물러나 무리를 이끌고 저의 나라로 돌아가기로 하였다. 또 부산에서 소서비탄수(小西飛彈守 : 고니시 히다노카미)와 구대부(久大夫)를 보내어 천조(天朝 : 명나라 조정)에 머리를 조아리고 명을 기다리게 하니, 그 일념이 지극히 정성스러워서 몹시 칭찬할 만하였다.

그러므로 천조(天朝)에서 보낸 100만 대군이 모두 압록강 나루에서 진군하기를 그쳤고, 대장 이 아무개가 거느린 병사 2만 명이 왕경(王京)에 주둔해 있고, 총병(摠兵) 곽 아무개와 총병(總兵) 이 아무개가 거느린 20만 명이 요동(遼東)에 주둔해 있고, 부총(副摠) 오 아무개와 기타 장수들이 거느린 병사들은 평양과 개성에 나뉘어 포진해 있는 것이 또 10여 만 명인데, 모두 멈추고는 출동하지 않고 있는 것은 한 번 교전하게 되면 약속한 화의를 곧 망치고, 당당한 우리 천조의 하늘과 땅 같은 도량을 잃을까 염려해서이다. 뜻밖에도 너희들은 돌아갈 뜻을 결단내리지 않고 다시 진주를 공격하여 이전 우리와의 맹약을 저버리고서 전날의 조선에 대한 분한을 풀겠다고 한다. 조선 8도의 남녀들은 죄없이 참혹한 화를 입어, 해골들이 서로 포개어진 채로 들판에 널려 있고 잘린 머리가 장대에 가득 매달려 있으니 또한 처참함이 극에 이르렀다 하겠는데, 다시 또 무슨 원수를 갚겠단 것인가? 더구나 진양(晉陽 : 진주)은 한 점 조그마한 성이거늘, 하필이면 사소한 앙금을 마음에 두는 것으로써 중국에게 크나큰 신의 잃는 것을 감수한단 말인가?

지금이라도 오히려 더욱 생각을 바꾸고 마음을 고쳐 군대를 철수하여 동쪽으로 돌아간다면, 우리들은 반드시 군사를 일으켜 서로 싸워서 외국에게 신의를 잃지 않을 것이다. 만일 다시 미망(迷妄)을 고집하여 병란이 끝내 그치기가 어렵게 된다면, 반드시 조미복선(鳥尾福船)·누선(樓船)·백조(栢艚)·용조(龍艚)·사선(沙船)·창선(艙船)·동교소초(銅蛟小艄)·해도(海舠)·팔라호(叭喇唬)·팔장(八槳) 등을 징발하여 수군 100만을 싣고는 바닷가에 기다리고 있다가 가로막아서 너희들의 돌아갈 길을 끊고 너희들의 군량을 끊으면 결전을 기다리지 않아도 너희들은 장차 크고 작은 섬들에서 절로 죽게 되어 군사 한 명도 돌아가지 못하게 될 것이다.

　그리고 관백(關伯 : 풍신수길)과 너는 원래 서로 어깨를 나란히 할 만하였는데, 너희들은 그에게 농락되어 모두 부림을 당하는 것이다. 관백이 이미 천조를 흠모하여 조공(朝貢)을 바치기로 했거늘, 너희들은 어찌하여 진주로 가서 다시 포위하려 하는 것인가? 오늘, 싸움을 할 것인지 말 것인지를 어떻게 결정하느냐에 따라 이해관계가 작지 않으니, 거듭거듭 생각하고 스스로를 살펴서 사향노루가 뒤늦게 제 배꼽을 물어뜯으려 하는 후회만은 면하도록 하라.」

　왜적(倭賊 : 가등청정 지칭)은 이 말을 듣지 않았다. 그래서 심유경이 소서행장에게 역설하여 진주성 공격을 멈추게 하라고 하자, 소서행장이 말하기를, “오늘의 일은 내가 간여하지 않았소. 오직 가등청정만이 강력히 이 의논을 주장하였으니, 온갖 방법으로 타이르기보다 먼저 자발적으로 성을 비워서 그의 마음을 후련하게 해주는 것이 나을 것이오.” 하였다. 심유경이 돌아오자, 도원수(都元帥) 김명원(金命元)과 순찰사(巡察使) 한효순(韓孝純)이 그를 보고 말하기를, “진주가 매우 급박하니, 원컨대 노야(老爺 : 심유경에 대한 경칭)께서 힘써 구해주시오.” 하니, 심유경이 말하기를, “저들이 지난해에 거기에서 뜻을 이루지 못했던 것으로 말미암아 분하고 한스러워하면서 마음을 가다듬어 재차 일으킨 것이기 때문에 이제 다른 계책은 없으니, 다만 휘하의 장수들로 하여금 소서행장이 말한 대로 조금도 다름이 없게 하는 것이 좋을 것이오.” 하였다.

이때 관군과 의병은 모두 함안(咸安) 등지에 있었다. 창의사 김천일이 여러 장수들에게 말하기를, "왜적의 속셈은 예측하기 어렵지만, 진주만 공격한다는 말을 어찌 믿을 수 있겠는가? 진주란 곳은 호남과 매우 가까워서 서로 번갈아 이와 입술의 관계를 이루었다. 만일 우리가 이곳을 버리고 가서 왜적들이 승승장구 계속 몰아치게 놓아둔다면 화가 필시 호남에까지 미칠 것이니, 힘을 합하여 군건히 지켜서 왜적의 세력을 막는 것 만한 것이 없다." 하였는데, 여러 장수들은 응하지 않았다. 순변사(巡邊使) 이빈(李薲), 홍의의병장(紅衣義兵將) 곽재우(郭再祐)는 단성(丹城 : 경남 산청)에서 바로 산읍(山邑)으로 들어갔고, 좌의병장(左義兵將) 임계영(任啓英)은 사천(泗川)에서 곧장 호남으로 돌아갔으며, 수령과 여러 장수들 역시 대부분 흩어져 가버렸다. 다만 창의사 김천일, 우의병장·경상 우병사 최경회, 충청병사 황진, 거제현령(巨濟縣令) 김준민(金俊民), 해미현감(海美縣監) 정명세(鄭名世), 좌의병 부장(左義兵副將)·사천현감(泗川縣監) 장윤(張潤), 복수의병장(復讎義兵將) 고종후(高從厚) 및 그 부장(副將) 오유(吳宥), 웅의병장(熊義兵將) 이계련(李繼璉), 비의병장(飛義兵將) 민여운(閔汝雲), 표의병 부장(彪義兵副將) 강희보(姜希輔) 등은 각각 병사를 이끌고 와서 모였다.

진주성으로 들어가기에 이르렀을 때, 여러 장수의 막하에는 병사로서 쓸 만한 자가 없어서 그들의 의사에 따라 떠나가는 것을 허락했는데 대충 수십 명이었다. 오직 김천일의 막하에 아들 김상

건(金象乾)과 좌랑(佐郎) 양산숙(梁山璹), 최경회의 막하에 진사(進士)
문홍헌(文弘獻), 고종후의 막하에 정자(正字) 오빈(吳玭)·내금(內禁)
김인혼(金麟渾)·참봉(參奉) 고경원(高敬元) 등 5,6명만이 떠나가지 않
았다.

이때 김해부사(金海府使) 이종인(李宗仁)이 먼저 성에 들어가 있어
서 왜적을 방어할 계책을 의논하였는데, 목사(牧使) 서예원(徐禮元)
은 기꺼이 방어하려고 하지 않자, 이종인이 눈을 부릅뜨고 꾸짖기
를, "여러 의병장들이 지금 모여들고 있으니, 함부로 성을 버리는
자는 참할 것이다." 하니, 서예원은 겁이 많은 사람이라서 마침내
감히 거스르지 못하였다.

18일. 전라병사(全羅兵使) 선거이(宣居怡), 조방장(助防將) 홍계남(洪
季男) 등이 와서 말하기를, "적은 군사로 많은 왜적을 대적하는 것
은 진실로 옳지 못하다." 하고는 곧 도로 나와서 운봉(雲峰)에 진을
쳤다.

이때 분의병장(奮義兵將) 강희열(姜希悅)은 원수(元帥)의 명으로서
조방장을 겸하여 여러 고을의 군병을 데리고 구례(求禮)의 석주(石
柱)에 있는 잔도(棧道)를 지키고 있다가 그 말을 듣고는 분연히 말
하기를, "관군도 꾀를 써서 피하려 해서는 오히려 아니 되는데, 하
물며 의병임에랴." 하고, 마침내 말을 내달려서 왔다.

적개의병장(敵愾義兵將) 변사정(邊士貞)도 사태가 급박함을 듣고 그

의 부장(副將) 이잠(李潛)으로 하여금 달려가게 하니, 편비(編裨 : 부하 장교)들이 모두 말하기를, "많은 왜적이 장차 쳐들어올 것이라 하여 도망가려는 자가 많거늘, 우리들만 무슨 까닭으로 사지(死地)에 나아가야한단 말입니까?" 하였지만, 이잠은 이 말을 듣지 않고 마침내 의병들을 재촉하여 진격하였다.

선거이와 홍계남 등이 밖으로 나갔을 때에는 성안에 있던 사람들이 굳은 의지가 있지 않았으나, 강희열 등이 도착했다는 소식을 듣게 되었을 때에는 뛸 듯이 기뻐하면서 분투할 것을 생각지 않는 자가 없었다. 이때 김천일의 군이 5백, 최경회의 군이 6백, 황진의 군이 7백, 고종후의 군이 4백, 장윤과 이잠 등의 군이 각각 3백, 이계련·민여운·강희보·강희열 등의 군이 각각 2백여 명이었고, 여러 수령의 병사 및 진주의 병사와 백성 그리고 피란한 남녀들을 합하면 모두 6,7만 명이 되었다.

이빈이 군령을 전하면서 고종후에게 성을 나가 선거이와 홍계남 등과 합세하여 밖에서 돕도록 하자, 성안의 장사들도 대부분 그렇게 하도록 권하였지만, 고종후는 모두 따르지 않았다.

이에, 성을 나누어서 지키기로 하였다. 성의 남쪽 촉석(矗石)은 가장 험하여 왜적이 침범하지 못할 것이었으나, 오직 동쪽 서쪽 북쪽 삼면은 왜적의 공격을 받을 염려가 있어서 의병들로 하여금 지키게 하였다. 황진, 이종인, 장윤은 각각 수십 명을 이끌고 왜적이 들이닥칠 만한 곳을 따라 오가면서 서로 구원하기로 하였다.

막하의 유생(儒生)들은 직접 술과 밥을 가지고 성을 돌면서 병사들에게 먹이기로 하였다. 약속들이 정해지자, 성안의 사람들은 모두 죽기로써 스스로 맹세하였다.

19일. 명나라 장수가 상주목사(尚州牧使) 정기룡(鄭起龍)과 함께 와서 성지(城池)를 살펴보고 말하기를, "남쪽으로는 큰 강이 있고 북쪽으로는 깊은 연못이 있으니 하늘이 만든 곳이오. 또한 유정(劉綎) 총병(總兵)도 밖에서 도우려고 대구(大邱)에서 군대를 보내어 선봉이 이미 함양(咸陽)에 이르렀는데, 우리들로 하여금 먼저 알려주라고 하였소." 하였다.

20일. 아침에 심유경(沈惟敬)이 첩문(帖文 : 공문서)을 보내왔는데, 그 대략은 곧 지난번에 말했던, 성을 비워주고 싸움을 피하라는 뜻이었다.

이날, 오유와 이잠이 진주 고을의 무사(武士) 정국상(鄭國祥) 등과 함께 적정을 살피러 성을 나갔다. 왜적의 선봉이 이미 진주의 지경에 들어와 있었는데, 두 장수는 말을 채찍질하여 달아나 버리자, 정국상 등이 되돌아와서 보고하기를, "두 장수가 적을 보자마자 달아나버리고 다시 돌아오지 않으니, 필시 도망하였을 것이옵니다." 하였다. 얼마 되지 않아서 두 장수가 각각 몇몇 왜적의 머리를 베어 가지고 돌아오니, 성안에서는 북을 치면서 떠들썩하였고 더러 칼을 뽑아들고 춤을 추는 자도 있었다. 명나라 장수가 찬탄하여 말하기를, "온 성안에 있는 사람이 모두 의사(義士)로다. 나는 마땅히 급박한 상황을 알리고 구원하러 달려오겠다." 하고는 그 즉시 정기룡과 함께 되돌아갔다.

애초에 김천일이 함안으로부터 왔을 때, 양산숙과 홍함(洪涵) 등으로 하여금 서찰을 가지고 유정(劉綎)에게 원병을 청하도록 하였다. 그 서찰은 고종후가 지은 것으로 글의 내용이 격렬하였다. 게다가 양산숙이 말하는 기품이 비분강개하여 사람들을 감동시켰다. 유정은 미처 다 읽기도 전에 저도 모르게 옷깃을 여미고 얼굴빛을 고쳤으면서도, 그러나 끝내 구원병을 보내줄 뜻이 없었다. 홍함이 돌아오는 길에 양산숙을 놓아두고 달아나자, 양산숙이 울먹이며 말하기를, "위태로운 때를 만나 구차히 죽음을 모면하고자 주장(主將)으로 하여금 혼자만 죽을 처지에 빠지게 함은 의리가 아니다." 하고는 마침내 홀로 말을 타고 진주성으로 돌아오니, 온 군사가 모두 놀랐다.

21일. 진시(辰時 : 오전 7시~9시)에 왜적의 기병 수십 명이 동북쪽 산 위에 갑자기 나타났다가 사라졌는데, 아래를 살펴보고 돌아갔다. 사시(巳時 : 오전 9시~11시)에 또 수백여 명의 기병이 북쪽 산에 올라가 진을 치고 위세를 뽐냈다. 얼마 지나지 않아 대군이 잇달아 이르러서 성을 세 겹으로 포위하였으나 한 발의 탄환도 쏘지 않았다. 성안에서도 역시 군사를 단속하여 동요하지 않으니, 왜적이 이내 물러났다. 개경원(開慶院)에서부터 마현(馬峴)에 이르기까지 큰 진(陣)을 세 곳에나 치고, 그 밖의 작은 진(陣)도 밤하늘의 별이나 바둑돌처럼 벌여놓아 이루 다 셀 수가 없었다.

22일. 왜적이 성 밑에까지 바짝 쳐들어왔다. 아침부터 포시(晡時 : 오후 3시~5시)까지 왜적의 철환(鐵丸)이 비처럼 쏟아졌는데도 성안에서 온 힘을 다하여 막아내니, 왜적들이 이에 물러났다.

강희보가 말하기를, "왜적의 기세가 이와 같으니, 죽음도 마다않는 용사를 보내어 관군에게 구원을 청하지 않을 수 없습니다." 하고, 그의 막하 임우화(林遇華)로 하여금 밧줄을 타고 성을 내려가 빠져나가도록 하였으나, 미처 5리도 가지 못하여 왜적에게 사로잡히고 말았다. 그 뒤로 왜적이 쳐들어올 때마다 임우화를 묶어서 맨 앞줄에다 놓아두고 보이게 하였다. 이날 밤에 왜적은 또 동문(東門)을 공격하여 큰 소리를 지르며 성을 올라오는데, 그 소리가 천지를 진동하였다. 황진 등이 혈전을 벌이니, 왜적들이 이에 물러났다.

서예원이 겁을 먹고 허겁지겁하여 일 처리를 제대로 하지 못하자, 김천일과 최경회가 상의하여 장윤으로 하여금 진주 고을의 일을 임시로 맡도록 하니, 성안의 사람들이 즐거워하며 기뻐하였고 의기(義氣)가 갑절이나 더하였다.

하루는 왜적이 서북쪽 모퉁이로부터 큰 소리를 지르며 진격해 오자, 성가퀴를 지키는 자들이 모두 달아나 성이 거의 함몰될 뻔 하였다. 황진이 칼을 빼어들고 크게 소리치기를, "오늘에야 내가 죽을 곳을 얻었도다." 하였다. 이에, 달아났던 군사들이 도로 돌아와 모여서 마구 활을 쏘아대니, 왜적들이 이에 물러났다.

왜적이 또 동문 밖에 몇 길이 되는 산을 만들어서 성안을 굽어 보면서 공격하였다. 황진도 또한 대항해서 높은 언덕을 쌓았는데 몸소 돌을 져 나르자, 남녀가 감격하여 눈물을 흘리면서 일을 도와 하룻밤 사이에 마쳤다. 마침내 대포를 쏘아서 왜적의 소굴을 명중시켜 박살내니, 왜적들이 이에 물러났다.

왜적이 또 나무 궤(櫃)를 만들어 짐승의 가죽을 씌우고는 등에 지거나 머리에 이고서 <우리의 화살이나 탄환을 피하며> 성을 무너뜨리려고 하였다. 황진이 큰 돌을 아래로 굴리고 활과 포를 어지러이 쏘아대니, 왜적들이 이에 물러났다.

왜적이 또 동문 밖에 두 개의 큰 나무를 세우고 그 위에 판잣집 을 짓고는 거기서 성안으로 불을 지르자, 집들이 나란히 있어서 불길이 번졌고 그 연기와 불꽃이 하늘을 가득 메웠다. 황진도 판 잣집을 지었는데 반나절 만에 완성하였다. 마침내 대포를 쏘아 왜 적의 소굴을 명중시켜 박살내니, 왜적들이 이에 물러났다.

이때 큰비가 내려서 성의 한쪽 모퉁이가 허물어지니 왜적이 큰 소리를 지르면서 마구 몰려들었는데, 김준민이 있는 힘을 다하여 싸우다가 전사하였고, 왜적들이 이에 물러났다.

　왜적이 성안으로 편지를 던졌는데, 그 대강의 내용은 「모든 사람이 성안에 들어가 한꺼번에 죽음을 당하는 것은 참혹한 일이다. 장수 한 사람을 우리 영역으로 보내면, 그 나머지는 성안에서 안전하게 있을 수 있을 것이다. 만일 강화(講和)를 원한다면 삿갓을 벗어 3번 흔들어라.」하였고, 그 편지의 말미에는 "6월 27일 우시(羽柴) 비전재상(備前宰相) 풍신수가(豊臣秀家) 재배(再拜)"라고 씌어 있었다. 성안에서 답장하였으니, 그 내용은 「우리는 말할 것도 없이 싸우다가 죽을 뿐인데, 하물며 명나라 군사 30만 명이 곧 추격해 올 것이니, 너희들은 한 사람도 남기지 않고 죄다 섬멸될 것이다.」하였다. 왜적은 팔뚝을 걷어붙이고 두드리면서 말하기를, "명나라 군사는 이미 모두 물러갔다." 하고는 마침내 동문과 서문 밖에 5개의 언덕을 쌓고 대나무를 엮어 책(柵 : 둑이 넘어지지 않게 듬성듬성 말뚝을 박은 데다 대나무로 얽어놓은 장치)을 만들어서 탄환을 쏘아댔는데, 강희보가 있는 힘을 다하여 싸우다가 죽었다. 또 황진 등이 불화살을 쏘아 죽책(竹柵)을 무너뜨리니, 왜적들이 이에 물러났다.

　왜적이 또 커다란 나무 궤를 만들어 사륜거(四輪車) 위에 올려놓고는, 날쌘 군졸 수십 명이 각각 견고한 갑옷을 입고 그 수레를 밀고 끌며 진격하여서 쇠몽둥이로 성을 뚫으려고 하였다. 황진 등이 횃불을 묶어 기름을 부어서 던져서 궤에 있던 왜적들이 죄다 타죽으니, 왜적들이 이에 물러났다.

〈호남의록(湖南義錄)〉　**97**

28일. 서예원이 야간 경계를 소홀히 하여서 왜적이 몰래 와서 성을 뚫기에 이르렀는데, 황진 등이 이를 알아차리고 결사적으로 싸우니 왜적 우두머리 한 사람이 탄환에 맞아 죽었고, 군사들 중에 죽은 사람도 또한 1000여 명이나 되었다. 황진이 성 위에서 아래를 내려다보며 말하기를, "오늘의 전투에서 왜적의 시체가 참호(塹壕)에 가득하니 대첩이라고 할 만하구나." 하였는데, 그때 갑자기 왜적 한 명이 성 아래에 있다가 위로 올려다보며 총을 쏘니, 황진은 왼쪽 이마에 맞아서 죽었다. 이종인이 그의 시체를 거두어 삼밭에 묻었다. 이때에 황진·장윤·이종인·김준민·오유·이잠·강희보·강희열 등이 모두 열심히 싸웠다고 일컬어졌는데, 황진의 충렬과 지혜와 용맹은 여러 장수들 중에서 으뜸이었다. 온 성안의 사람들이 황진을 깊이 의지하며 중하게 여겼는데, 그가 죽기에 이르자 인심이 흉흉하고 두려움에 떨었다.

29일. 서예원으로 황진을 대신하여 순성장(巡城將)을 삼았는데, 서예원이 삿갓을 벗고 말에 올라 눈물을 흘리면서 순행하였다. 최경회가 노하여 목을 베려다가 말고 즉시 장윤으로 대체하였는데, 얼마 되지 않아 장윤도 또한 탄환에 맞아서 죽었다. 이때 동문의 성보(城堡 : 적을 막으려고 성 밖에 임시로 만든 소규모의 요새)가 비로 말미암아 허물어지니, 많은 왜적들이 개미떼처럼 붙어서 올라왔다. 이종인 등이 자기의 친병(親兵)들과 함께 활과 화살을 버리고 짧은 무기로 육박전을 벌여 왜적들을 거의 죽이니, 왜적들이 이에 물러났다.

왜적의 정예병이 또 서문과 북문으로부터 칼을 휘두르면서 날뛰며 쳐들어오니, 서예원이 먼저 달아났다. 아군의 모든 군사들이 완전히 무너져 모두 촉성(矗城)에 모였는데, 왜적이 마침내 난입해 오자 이에 김상건과 양산숙은 김천일을 부축하고, 문홍헌은 최경회를 부축하고, 오빈·김인혼·고경원은 고종후를 부축하여, 북쪽을 향해 두 번 절하고는 남강(南江)에 뛰어들어 죽었다. 양산숙은 본디 헤엄을 잘 쳤는데, 김천일이 말하기를, "너는 죽음을 모면할 수 있으리니, 힘을 다하여 다시 살아나서 이 원수의 왜적을 섬멸하여라." 하였지만, 양산숙은 의리상 혼자서만 살 수가 없어 끝내 그들과 함께 죽었다.

이종인·강희열·오유·이잠 등 10여 명은 칼을 휘둘러 왜적의 목을 베었는데 죽기에 이르러서야 그쳤다. 맨 끝으로는 이종인이 이리저리 옮겨 다니며 싸우다가 남강에 이르러 더 나아갈 수 없게 되자, 양쪽 겨드랑이에 각각 왜적 한 사람씩 끼고 강물에 뛰어들며 큰 소리로 외치기를, "김해부사 이종인이 여기에서 죽노라." 하였다.

7월 2일. 왜적은 호남을 향하여 떠났다. 선봉장(先鋒將) 육모리(六毛里)와 녹가미(鹿加未) 등의 군대가 한 갈래는 하동(河東)에 이르렀고, 한 갈래는 석주(石柱)에 이르렀다. 어떤 왜적 장수가 가등청정(加藤淸正)에게 계책을 내어 말하기를, "10일 동안 진주성을 공격하느라 정예병이 심히 손상을 입었으니, 이대로는 호남을 얻으려는 뜻을 이룰 수가 없습니다. 병사들을 쉬게 하는 것이 좋겠습니다." 하자, 가등청정이 옳게 여기고 즉시 철수하도록 명령을 내렸다.

이날 밤에 임후화가 하동에서 도망쳐 돌아왔다. 임우화는 여러 서책을 두루 읽어 통달하였고 담력과 지략을 아울러 지녔는데, 그가 군중에 있을 때는 여러 장수들이 모두 중히 여겨, 늘 일이 생길 때마다 그를 찾았다.

을미년(1595) 겨울에 나는 광양현(光陽縣)에서 임우화를 만나 당시의 일을 물었다. 임우화는 한둘이라도 어긋나지 않게 진술하고 이어서 눈물 흘리더니, 마침내는 목이 메도록 울었다. 나는 그를 매우 의롭게 여겨 훗날 서로 왕래하자고 약속했다. 몇 년이 되지 않아서 그는 병으로 죽었다.

晉州敍事

萬曆二十一年癸巳六月, 倭賊陷晉州[1], 守城諸將, 皆死之。 先是, 壬辰夏, 賊分路水陸, 謀寇湖南, 一路至閒山島, 爲水使李舜臣所破, 一路至晉州城[2], 爲判官金時敏[3]所拒, 皆不得志。 由是, 賊常

---

1) 제2차 진주성 전투를 일컬음. 제1차 싸움에서 패배한 왜군은 전열을 정비하여 1593년 6월에 다시 공격하기 시작하였다. 이 당시 진주성에는 창의사 金千鎰을 비롯하여 3,400여 명의 군대와 민간인이 방어하였다. 왜군은 龜甲車 등 특수한 병기로써 파상공격을 거듭하였고 치열한 공방 끝에 진주성은 함락되었다. 성이 함락되자 왜군은 군사, 백성 등 6만과 가축 모두 司倉의 창고에 몰아넣고 불태워 학살하였다.

2) 제1차 진주성 전투를 일컬음. 1592년 10월 5일 진주에 이른 왜군 약 2만이 수천의 대나무 다리를 만들어 공격해오자 진주 목사 金時敏이 3,800여 명의 조선군을 이끌고 치열한 공방전을 벌였다. 조선군은 성문을 굳게 닫고 화약을 장치한 大岐戰을 쏘아 대나무 다리를 파괴하고, 마른 갈대에 화약을 싸서 던지거나 끓는 물과 큰 돌을 던지는 등 필사적으로 왜군을 방어하고 왜군의 북진을 막아 냈다

3) 金時敏(김시민, 1554~1592) : 본관은 安東, 자는 勉吾. 1578년 무과에 급제하여 군기시에 입사하였다. 1583년 尼湯介의 난 때 도순찰사 鄭彦信의 막하 장수로 출정하여 공을 세운 후 1591년 진주판관에 임명되었다. 그러나 다음해 임진왜란이 일어나자 목사 李璥과 함께 지리산으로 피했다가 목사가 병으로 죽자 招諭使 金誠一의 명에 따라 그 직을 대리하였다. 이후 김시민은 곤양군수 李光岳, 의병장 李達·郭再祐 등과 합세하여 왜적을 격파하고, 패주하는 왜적을 추격하여 경상남도 진주 남쪽의 十水橋에서 다시 승리를 거두어 고성·창원 등 여러 성을

憤恨。

是年春, 天將與賊連和4), 京外諸賊, 俱集嶺南。 於是, 兵勢大熾, 賊酋淸正5), 聞于秀吉6), 請復攻晉州, 仍擊湖南, 秀吉許之。

六月十四日。淸正合諸酋兵數十萬, 發自東萊, 直向晉州。時劉總兵綎7)·吳遊擊惟忠8)在大丘, 駱參將尙志·宋遊擊大斌在南原,

회복하는 공을 세웠다. 이어서 의병장 金沔의 원병 요청을 받고 정병 1,000여 명을 이끌고 이에 호응, 거창의 沙郎巖에서 금산으로부터 서남진하는 왜적을 맞아 크게 무찔렀다. 또한 여러 차례의 전공으로 그 해 8월 진주목사로 승진되었다. 같은 해 9월에는 진해로 출동하여 적을 물리치고 적장 平小太를 사로잡아 行在所로 보내자 조정에서 그를 경상우도병마절도사로 임명하였다. 이 시기 왜적은 진주가 전라도로 통하는 경상우도의 大邑이며, 경상우도의 주력이 그곳에 있음을 알고 10월 5일 진주의 동쪽 馬峴에 출현하여 다음날부터 진주성을 공격하기 시작하였다. 적의 2만여 대군이 진주성을 포위하자 김시민은 불과 3,800여 명의 병력으로 7일간의 공방전을 벌여 적을 물리쳤으나 이 싸움에서 이마에 적탄을 맞고 며칠 뒤에 죽었다.

4) 連和(연화) : 講和. 화친을 맺음. 1593년 2월 초 벽제관의 전투에서 패퇴한 명나라는 권율이 행주산성에서 대승을 했음에도 일본과의 강화를 통해 왜군을 조선에서 철퇴시키는 전략을 채택한 것을 일컫는다. 실제로 심유경을 통해 송응창이 제시한 화의조건에 일본이 호응하는 형식을 취했는데, 일본군은 서울에서 철수하여 남쪽으로 물러나고 포로로 잡은 임해군과 순화군을 송환하기로 약속하였다. 명군 또한 일부 병력을 철수시키고 강화 사절을 일본에 파견하기로 약속했다.

5) 淸正(청정) : 加藤淸正. 임진왜란이 일어나자 함경도 방면으로 출병하여 조선의 왕자 임해군과 순화군을 포로로 잡는 등 맹활약하였으나 울산싸움에서 죽음의 위기를 겪기도 하였으며, 그 과정에서 함께 참전한 고니시 유키나가[小西行長], 이시다 미쓰나리[石田三成] 등과 갈등을 빚은 인물.

6) 秀吉(수길) : 豊臣秀吉. 본명은 히요시마루[日吉丸]. 하시바 지쿠젠노가미[羽柴筑前守]라고도 한다. 16세기 오다 노부나가[織田信長]가 시작한 일본통일의 대업을 완수했고, 해외침략의 야심을 품고 조선을 침략해 임진왜란을 일으켰으며, 죽을 때까지 최고위직인 다이코[太閤 : 1585~98]를 지냈다.

王遊擊必迪在尙州, 沈遊擊惟敬9)在賊酋平行長10)所, 宋經略應昌11)在京城。 劉綎移書淸正曰 :「日本毀我屬國, 兵連禍結12), 皇上赫怒13), 特命節鉞14), 分遣15)虎臣, 擬圖盡戮長鯨16), 永淸東海。 邇

---

7) 劉總兵綎(유총병정) : 1592년 副總兵으로 병사를 이끌고 조선에 와서 왜군을 방어하고, 御倭總兵官으로 승진했다. 귀국하여 四川總兵官으로 播川宣慰使 楊應龍의 반란을 진압했다. 左都督으로 승진했다. 1597년 정유재란 때 南原에서 왜군에게 졌다는 소식이 전해지자 배편으로 강화도를 거쳐 입국하여 전세를 확인한 뒤 돌아갔는데, 이듬해 대군을 이끌고 와서 도와주었다. 曳橋에서 왜군에게 패전하고, 왜군이 철병한 뒤 귀국했다. 1619년 조선과 명나라 연합군이 後金과 싸운 富車 전투에서 전사했다.

8) 吳遊擊惟忠(오유격유충) : 중국 浙江 金華府 義烏縣 사람. 호는 雲峯. 임진년 12월에 欽差統領浙兵遊擊將軍으로 보병 1천 5백 명을 거느리고 나왔다가 1594년 1월에 되돌아갔고, 정유재란 때 다시 나왔다가 돌아갔다.

9) 沈遊擊惟敬(심유격유경) : 중국 저장성 사람. 임진왜란 때 조선과 일본의 화의를 위하여 여러 차례 일본을 왕래하였으나 모두 실패하였다. 그럼에도 그 사실을 숨기고 화의가 성립되었다고 풍신수길과 명나라 황제를 속였다가 나중에 명나라 황제에게 처형되었고, 정유재란이 일어나게 되었다.

10) 平行長(평행장) : 平은 일본의 천황가에 내리는 본성 '源(후지와라)·平(미나모토)·藤(다이라)·橘(다치바나)'의 하나로, 小西行長을 가리킴. 1592년 풍신수길이 조선을 침략하기로 결정했을 때 그의 부대는 조선 땅에 맨 처음 상륙했다. 조선의 남부지방 대부분과 평양성까지 점령하는 등 처음에는 계속 승전하여 이름을 떨쳤으나 군대의 규모에 비해 지나치게 세력을 확장하여 결국 조선의 동맹국이던 명나라의 휴전 제안을 받아들이지 않을 수 없게 되었다. 협상은 결론없이 1597년까지 끌었고 같은 해 풍신수길은 다시 조선 침략에 나섰다. 그의 부대는 처음에 승리를 거두었으나 조선·중국의 강한 저항에 부딪히기 시작했는데, 그 무렵 풍신수길이 죽었으므로 그는 귀국하여 후계자 결정을 둘러싼 내란에 휘말리게 되었다.

11) 宋經略應昌(송경략응창) : 임진왜란이 일어나 이여송이 조선에 원병으로 갈 때 총사령관으로 참전하였으며, 이여송이 벽제관 전투에서 패한 후 명으로 돌아가 조선에 남아있는 명군에게 전쟁 물자를 지원해 주었다.

12) 兵連禍結(병련화결) : 전란이 오랫동안 계속하여 좀처럼 끝나지 않음.

13) 赫怒(혁노) : ≪시경≫<大雅·皇矣>의 "王赫斯怒"에서 나온 말. 황제가 크게 한

因沈惟敬, 往回面講, 日本雖[17])能傾心解甲, 納款[18])乞盟, 盡行[19])退
還, 引類歸國。又從釜山, 遣小西飛彈守[20])・久大夫, 叩天朝俟命,
一念至誠, 深可嘉賞。故天朝所遣百萬兵, 盡止鴨綠江頭, 大將李
某[21])統兵二萬, 駐王京, 郭摠兵某・李總兵某領二十萬, 駐遼東, 吳
副摠某及他諸將領兵, 分布平壤・開城者, 又十餘萬, 俱按不動, 恐
一交鋒, 便喪約議, 失我堂堂天朝覆載[22])度量。不意汝等歸意不決,
復攻晉州, 頓背前約, 云洩舊憤。夫朝鮮八道, 士女橫罹[23])荼毒[24])
者, 枕骸遍野, 懸首盈竿, 亦云慘極, 更復何讎? 矧晉陽, 黑子之

번 성내어 오랑캐에게 위엄을 보여 준다는 말이다.

14) 節鉞(절월) : 천자가 적을 치러가는 장수에게 내리던 符節과 斧鉞. 부절은 手旗와
　　같고 부월은 도끼와 같이 만든 것으로 生殺權을 상징한다.

15) 分遣(분견) : 본대에서 갈라서 파견함.

16) 長鯨(장경) : 고래가 지나가면 고기의 종자까지 없어진다는 데서, 탐욕스럽고 잔
　　인한 사람을 빗대는 말.

17) 雖(수) : 遂의 오기인 듯.

18) 納款(납관) : 納款表. 우호관계를 다지기 위해 황제에게 공손히 충성을 맹세하는
　　표문. 이 납관표는 급조된 것이었고, 이를 가지고 간 사절도 가짜였다.

19) 盡行(진행) : 철저히 행하는 것.

20) 小西飛彈守(소서비탄수) : 納款使(요구 조건을 알리는 사신)로서 심유경과 함께
　　북경에 가서 石星을 통해 일본의 강화조건을 제시한 인물. 풍신수길을 오왕으
　　로 봉할 것, 해마다 일본의 조공을 받을 것 등 이른바 봉공 두 가지 조건인데,
　　명나라는 끊임없는 내란에다 벽제관 싸움에서 대패한 이후이라서 결국 '許封不
　　許貢(책봉은 허락해도 납공은 허락하지 않음)'으로 결정하여 1595년 5월 초 책
　　봉정사 李宗誠, 부사 楊方亨을 일본에 파견하기로 하였다.

21) 大將李某(대장이모) : 李如松인 듯.

22) 覆載(부재) : 天地.

23) 橫罹(횡리) : 뜻밖에 재앙을 당함.

24) 荼毒(도독) : ≪書經≫<湯誥>의 "흉해에 걸리어 荼毒을 참지 못한다.(罹其凶害不
　　忍荼毒.)"에서 나오는 말.

城25), 何必以小嫌介意, 而甘失大信於中國哉? 及今尙且易慮改心, 撤兵東返, 則我輩必不擧兵相加26), 失信外國。若復執迷, 兵難遂寢, 必發27)鳥尾福船・樓船・柏槽・龍槽・沙船・艙船・銅鉸小艄・海舠・八喇唬・八橇等船, 裝載百萬, 邀截海涯, 斷汝歸路, 絶汝糧餉, 不待決戰, 爾將自斃島嶼, 片甲28)不還矣。且關伯29)與汝, 原是比肩30), 爾等被彼牢籠31), 俱聽驅使。關伯旣慕天朝而納貢, 汝等何向晉州而復圍? 今日進退之間, 利害所關非細, 三思32)自審, 免悔噬臍33)。」賊不聽。

沈惟敬力說行長使止之, 行長曰 : "今日之擧, 吾無所預。惟淸正力主此議, 開喩百端, 不如先自空城, 以快其情而已." 及惟敬還, 都元帥金命元34)・巡察使韓孝純35), 謂曰 : "晉州事急, 願老爺力救

---

25) 黑子之城(흑자지성) : 검은 점에 불과한 아주 조그마한 성을 일컬음.

26) 擧兵相加(거병상가) : 군사를 일으켜 서로 싸움. ≪도덕경≫ 제69장의 "抗兵相加, 哀者勝矣."에서 나온 말이다.

27) 發(발) : 徵發.

28) 片甲(편갑) : 갑옷 조각. 곧 싸움에 지고 난 군사를 이르는 말이다.

29) 關伯(관백) : 豊臣秀吉을 가리킴.

30) 比肩(비견) : 앞서거니 뒤서거니 하지 않고 어깨를 나란히 함.

31) 牢籠(뇌롱) : 우리나 새장에 가두어두고 자기 마음대로 부리는 것.

32) 三思(삼사) : 심사숙고함.

33) 噬臍(서제) : 사향노루가 사람에게 잡혀 죽게 될 때에 제 배꼽의 향내 때문이라 하고 배꼽을 물어뜯는다는 말. 제 배꼽을 물어뜯어 없애려 해도 할 수 없는 까닭에, 일이 잘못된 뒤에는 후회해도 소용없다는 뜻이다.

34) 金命元(김명원, 1534~1602) : 본관은 慶州, 자는 應順, 호는 酒隱. 이황의 문인이다. 1558년 사마시에 합격, 1561년 식년문과에 급제하였다. 1569년 종성부사가 되고, 내외직을 거쳐 1587년 좌참찬으로 의금부지사를 겸임하였다. 1589년 鄭汝立의 난을 수습한 공으로 平難功臣 3등에 책록, 慶林君에 봉해졌다. 임진왜란 때

之." 惟敬曰 : "彼因去歲失志於此, 是以忿恨, 銳意再擧, 今無他策,
只令諸將, 一如行長所言可也."

時官軍義兵, 俱在咸安等地。 倡義使金千鎰, 謂諸將曰 : "賊謀
難測, 只攻晉州之說, 庸可信乎? 夫晉州, 密邇湖南, 迭爲脣齒。 若
棄之去, 縱賊長驅, 則禍必中於湖南, 莫如幷力堅守, 以遏賊勢." 諸
將不應。 巡邊使李薲36) · 紅衣義兵將郭再祐37), 自丹城38)徑入山

巡檢使가 되고, 이어 팔도도원수로서 임진강방어전을 전개하여 적의 침공을 지
연시켰다. 평양이 함락된 뒤 순안에 주둔, 行在所 경비에 힘썼다. 이듬해 명나라
원병이 오자 장수들의 자문에 응하였고, 그 뒤 신병으로 원수직을 사직, 호조·
예조·공조판서를 역임하였다. 1597년 정유재란 때 병조판서로서 留都大將을
겸임하고 좌찬성·이조판서·우의정을 거쳐, 1601년 부원군에 진봉되고 좌의정
에 이르렀다.
35) 韓孝純(한효순, 1543~1621) : 본관은 淸州, 자는 勉叔, 호는 月灘. 임진왜란 때
영해전투에서 왜군을 격파한 뒤 경상좌도관찰사에 특진, 순찰사를 겸하고 군량
미 조달에 힘썼다. 이이첨과 일당이 되어 반대파를 몰아내고 廢母論을 발의하여
인목대비의 削號를 주청한 뒤, 이를 실현시켜 궁에 유폐하게 하였다. 인조반정
때 관직이 추탈되었다.
36) 李薲(이빈, 1537~1603) : 본관은 全州, 자는 聞遠. 1570년 무과에 급제, 여러 관
직을 거쳐 회령부사가 되었다. 1592년 임진왜란이 일어나자 경상좌도병마절도
사로 충주에서 申砬의 휘하에 들어가 싸웠으나 패하였다. 그 뒤 金命元의 휘하
에 들어가 임진강을 방어하다가 다시 패하고, 평안도병마절도사로 평양을 방어
하였으나 성이 함락되자 李元翼을 따라 順安에서 싸웠다. 1593년 명나라 장수
李如松과 함께 평양을 탈환한 뒤 이여송의 요청으로 순변사에 임명되어 權慄과
함께 파주산성을 수비하였다. 같은 해 왜군이 진주와 구례지방을 침략할 때 남
원을 지켰다. 그러나 당시 진주성을 방어하지 못하였다는 사헌부와 사간원의
탄핵을 받고 戴罪從軍하다가 1594년 경상도순변사에 복직되었다. 이듬해 상부
와의 의견대립으로 물러났다가 임진왜란이 평정된 뒤 포도대장에 임명되었으나
연로하다는 이유로 사퇴하였다.
37) 郭再祐(곽재우, 1552~1617) : 본관은 玄風, 자는 季綏, 호는 忘憂堂. 1585년 정시
문과에 급제했지만 왕의 뜻에 거슬린 구절 때문에 罷榜되었다. 임진왜란 때 의

邑, 左義兵將任啓英, 自泗川直還湖南, 守令諸將, 亦多散去。 獨倡

義使金千鎰・右義兵將慶尙右兵使崔慶會・忠淸兵使黃進・巨濟

縣令金俊民39)・海美縣監鄭名世40)・左義兵副將泗川縣監張潤・

復讎義兵將高從厚及其副將吳宥・熊義兵將李繼璉・飛義兵將閔

汝雲41)・彪義兵副將姜希輔等, 各領兵來會。

　　及入城, 諸將幕下, 士無可用者, 聽其出去, 凡數十人。惟千鎰

幕下, 子象乾及梁佐郞山璹, 慶會幕下, 文進士弘獻, 從厚幕下, 吳

正字玭, 金內禁麟渾・高參奉敬元等, 五六人不去。

<hr>

병을 일으켜 天降紅衣將軍이라 불리며 거듭 왜적을 무찔렀다. 정유재란 때 慶尙
左道防禦使로 火旺山城을 지켰다.

38) 丹城(단성) : 경상남도 산청 지역의 옛 지명.

39) 金俊民(김준민, ?~1593) : 본관은 尙州, 자는 成仁. 1583년 함경북도병마절도사
李濟臣과 함께 군관으로 출전하여 胡族을 정벌하는 데 공을 세웠다. 1592년 임
진왜란이 일어나자 의병을 이끌고 茂溪縣에서 왜적의 대부대를 격파하고, 다음
해에는 倡義使 金千鎰, 충청병마사 黃進, 경상우병사 崔慶會 등 2,700여인이 진
주성을 지키고 있을 때 거제현령으로 참가하여 왜적 6,7만 대군과 맞서 성의
동문을 고수하려고 악전고투하다가 전사하였다.

40) 鄭名世(정명세, 1550~1593) : 본관은 晉州, 자는 伯時, 호는 獨谷. 1570년 사마시
에서 진사로 합격하고, 1576년 식년문과에서 급제하였다. 1592년 해미현감을 지
내던 중 임진왜란이 일어나자 군대를 이끌고 왜적과 싸웠다. 1593년 일본군은
바로 이전 1592년에 2만 명의 병력으로 공격했다가 실패한 진주성을 함락하기
위해 咸安・班城・宜寧을 차례로 점령하고 3만 7천 명의 병력을 동원하여 진주
성 공격에 나섰다. 이때 정명세는 조방장이 되어 창의사 金千鎰, 충청병사 黃進,
경상 우병사 崔慶會, 의병복수장 高從厚 등과 함께 성을 지키다가 순절하였다.

41) 閔汝雲(민여운, ?~1593) : 본관은 驪興, 자는 龍從. 임진왜란이 일어나자 泰仁에
서 鄭允謹과 함께 鄕兵을 모집하여 의병장이 되어 스스로 飛義將이라 불렀다. 의
병을 이끌고 八良峙를 넘어 함안 등지에서 적을 맞아 싸워 전과를 올렸다. 1593
년 6월 제2차 진주성 싸움에서 휘하 의병 300여인을 이끌고 참가하였다. 이 싸
움에서 적의 화살에 맞아 전사하였다.

時金海府使李宗仁, 先已入城, 議守禦, 牧使徐禮元不肯, 宗仁張目叱之曰 : "義兵諸將, 今方來會, 輕易棄城者斬." 禮元怯怯人也, 遂不敢違。

十八日。全羅兵使宣居怡[42], 助防將洪季男[43]等, 來謂曰 : "寡固不可敵衆." 卽還出, 陣于雲峯[44]。時奮義兵將姜希悅, 以元帥令, 兼助防將, 帶數邑軍兵, 守求禮石柱棧道, 聞之奮然曰 : "官軍謀避,

---

42) 宣居怡(선거이, 1550~1598) : 본관은 寶城, 자는 思愼, 호는 親親齋. 1569년 宣傳官이 되고 다음 해 무과에 급제하였다. 1586년 함경북도 병마절도사 李鎰의 啓請軍官이 되었다. 1587년 造山萬戶이었던 李舜臣과 함께 鹿屯島에서 변방을 침범하는 여진족을 막아 공을 세웠다. 1588년 거제현령・진도군수를 역임하고 성주목사를 거쳐 1591년에 전라도수군절도사가 되었다. 임진왜란이 일어나자 그 해 7월에 한산도해전에 참가하여 전라좌수사 이순신을 도와 왜적을 크게 무찔렀다. 1592년 12월 禿山山城 전투에서는 전라도병사로서 전라순찰사 權慄과 함께 승첩을 올렸는데 이 때 크게 부상당하였다. 이어 다음해인 1593년 2월 행주산성 전투에 참가하여 권율이 적을 대파하는 데 공을 세웠다. 같은 해 9월에는 함안에 주둔하고 있던 적군이 약탈을 일삼고 있었으므로 이를 공격하다가 부상을 당하였다. 그 뒤 충청병사에 올랐다. 한산도에 내려와서는 이순신을 도와 屯田을 일으켜 많은 軍穀을 비축하여 공을 세웠다. 1594년 9월에는 이순신과 함께 長門浦 해전에서 또 공을 세웠다. 그 뒤 충청수사가 되고 다음해 황해병사가 되었다. 1597년 정유재란 때에는 남해・상주 등지에서 활약하였다. 1598년에는 울산 전투에 참가, 명장 楊鎬를 도와 싸우다 전사하였다.
43) 洪季男(홍계남, 1564~1597) : 본관은 南陽. 洪彦秀의 庶子이다. 1592년 임진왜란이 일어나자 아버지를 따라 安城에서 의병을 일으켜 싸우다가 아버지가 전사하자 대신 의병을 지휘, 여러 곳에서 승리를 거두었다. 그 공으로 경기도 助防將이 되고 水原判官을 거쳐, 이듬해 충청도 조방장으로 永川郡守를 겸임, 晋州・求禮・慶州 등지의 싸움에 참전했다. 1595년 경상도 조방장으로 전임했고, 이듬해 의병을 이끌고 李夢鶴의 난의 討平에 공을 세웠다.
44) 雲峯(운봉) : 전라북도 남원지역의 옛 지명.

尙不可, 況義兵乎?" 遂疾馳而來。 敵愾義兵將邊士貞[45], 聞事急,
遣其副將李潛[46]行, 褊裨皆曰 : "大賊將至, 規避者衆, 我等何故獨
就死地乎?" 潛不聽, 遂促兵進。 方居怡·季男之出也, 城中之人,
無有固志, 及聞希悅等至, 莫不踊躍思奮。 時千鎰軍五百, 慶會軍
六百, 黃進軍七百, 從厚軍四百, 張潤·李潛軍各三百, 繼璉·汝雲·
希輔·希悅等軍各二百餘, 合諸守令兵及本州兵民, 避亂士女, 凡
六七萬人。 李薲傳令, 從厚出, 與居怡·季男等, 合勢爲外援, 城中
將士, 亦多勸之, 從厚皆不從。 於是, 分城而守。 以城南矗石, 最爲
險絶, 賊不可犯, 惟東西北三面, 受敵可虞, 令義兵守之。 黃進·李
宗仁·張潤, 各率數十人, 隨賊所薄, 往來相救。 幕下諸生, 親持酒
食, 巡城餉士。 約束旣定, 城中之人, 皆以死自誓。

---

45) 邊士貞(변사정, 1529~1596) : 본관은 長淵, 자는 仲幹, 호는 桃灘. 1583년 學行으
로 천거되어 慶基殿參奉이 되었다. 1592년 임진왜란이 일어나자 남원에서 2,000
여 명의 의병을 모집, 丁焰·楊士衡 등에 의하여 의병장으로 추대되었다. 體察使
鄭澈이 裨將 李潛을 보내어 그의 副將이 되게 하였다. 그때 순찰사 權慄이 수원
禿山城에서 구원을 청하자 의병장 任希進과 함께 이를 구출하였으나, 정철의 권
유로 호남을 지키기 위하여 옥천으로 내려와 상주·선산 등지에 주둔하고 황
길·창원·함안·성주·대구 등지에서 적을 무찔렀다. 1593년 제2차 진주성싸
움에서 在外運糧將에 추대되어 山陰에 가서 병곡 수백 석을 구하여 겨우 진주성
에 운반하였으나 곧 성이 함락되었다.
46) 李潛(이잠, ?~1593) : 본관은 鐵城, 자는 士昭, 호는 紫巖. 무과에 급제하였고,
1592년 임진왜란 때 體察使 휘하에 있다가 敵愾義兵將 邊士貞이 그가 용맹하고
智略이 있음을 알고 체찰사에게 청하여 副將으로 삼았다. 晋州城이 왜적의 공격
으로 위태롭다는 소식에 주위의 만류를 뿌리치고 진주성으로 달려가 충청도병
마절도사 黃進을 도와 싸우다가 성의 함락과 함께 전사하였다.

十九日。 天將與尙州牧使鄭起龍[47]，來審城池曰：“南有大江。北有深池，實天作之地。且劉總兵，欲爲外援，自大丘動兵，前鋒已到咸陽，遣我輩先諭云.”

二十日朝。 沈惟敬移帖來，其略，卽向來所喩空城避兵之意也。是日，吳宥・李潛，與本州武士鄭國祥等，出城覘賊。賊前鋒已入州境，二將策馬而走，國祥等還報曰：“二將遇賊，去不復返，必是亡走.” 俄而，二將各斬數賊而來，城中鼓譟，或有拔劍起舞者。天將歎曰：“一城之人，皆義士也。 吾當告急赴援.” 卽與鄭起龍還。始千鎰自咸安來也，遣梁山璹・洪涵等，齎書乞師於劉綎。書乃從厚所撰，詞旨激烈。繼以山璹，辭氣慷慨，感動於人。綎讀未訖，不

---

47) 鄭起龍(정기룡, 1562~1622) : 본관은 晉州, 자는 景雲, 호는 梅軒, 초명은 茂壽. 昆陽鄭氏의 시조이기도 하다. 1586년 무과에 급제한 뒤 왕명으로 개명하였다. 1590년 경상우도병마절도사 申砬의 휘하에 들어가 훈련원 奉事가 되었다. 1592년 임진왜란 때 別將으로 승진하여 우방어사 趙儆을 따라 종군, 居昌에서 왜군을 격파하고 錦山싸움에서 포로가 된 조경을 구출한 뒤 곤양의 守城將이 되었다. 遊兵 별장을 거쳐 尙州判官으로 왜군과 대치하여 격전 끝에 상주성을 탈환하였으며, 전공으로 會寧府使에 승진하고 1593년 상주목사에 올랐다. 1597년 정유재란이 일어나자 討倭大將이 되어 高靈에서 적장을 생포하는 한편 星州・陜川・草溪・宜寧 등을 탈환하고 경상우도병마절도사에 승진, 이어 慶州・蔚山을 수복하였다. 1598년 명나라 군대의 摠兵職을 대행하여 영남 방면의 왜군 패잔병을 소탕하고 龍讓衛 부호군이 되고 이듬해 경상우도병마절도사에 재임되었다. 1601년 경상도방어사・김해부사・밀양부사를 거쳐 中道 방어사에 오르고, 뒤에 용양위부호군 겸 오위도총부총관, 경상좌도병마절도사 겸 울산부사가 되었다. 1610년 上護軍에 승진, 1617년 3도통제사 겸 경상우도수군절도사에 올라 統營 진중에서 병사하였다.

覺斂衽改容, 然終無出師意。涵於歸路, 棄山璹走, 山璹泣曰："臨
危苟免, 使主將獨陷死地, 非義也." 遂單騎入城。一軍皆驚。

　二十一日辰時。賊騎數十, 出沒於東北山上, 俯瞰而去。巳時,
又數百餘騎登北山, 列陣耀兵。俄而, 大軍繼至, 圍城三匝, 不放一
丸。城中亦按兵不動, 賊乃退。自聞慶院[48]至馬峴, 大陣凡三處,
其餘小陣, 星羅棋布, 不可勝數。

　二十二日。賊進薄城下。自朝至晡[49], 鐵丸如雨, 城中拒之甚
力, 賊乃退。姜希輔曰："賊勢如此, 不可不遣死士[50], 求救於官
軍." 令其幕下林遇華, 縋城而出, 行未及五里, 爲賊所擒。自後賊
來, 輒縛遇華, 置於前列而示之。是夜, 賊又逼東門, 大喊登城, 聲
震天地。進等血戰, 賊乃退。禮元顚倒[51], 處事失措, 千鎰・慶會
議, 以張潤權攝州事, 城中懽喜, 義氣自倍。一日, 賊自西北隅, 大
喊而進, 守陴者皆走, 城幾陷沒。進奮劍大呼曰："今日吾得死所
矣." 於是, 諸軍還集亂射, 賊乃退。賊又於東門外, 造山數仞, 俯而
攻之。進亦對築高阜, 身自負石, 男女皆感泣助役, 一夜而畢。遂用

---

48) 聞慶院(문경원) : 開慶院의 오기. ≪練藜室記述≫ 권16, ≪健齋集≫의 연보에도
　　똑같이 오류를 범하고 있다.
49) 晡(포) : 晡時.
50) 死士(사사) : 죽기를 각오하고 나선 군사.
51) 顚倒(전도) : 顚之倒之. 엎어지고 자빠짐. 허겁지겁.

大砲, 中破賊窟, 賊乃退。賊又作木櫃, 被以獸革, 負戴而毀城。進
以大石滾下, 雜以射炮, 賊乃退。賊又於東門外, 建二大木, 上設板
屋, 放火城中, 屋比延爇, 煙焰漲空。進亦設板屋, 半餉而成。遂用
大炮, 中破賊窟, 賊乃退。時天大雨, 城一隅頹圮, 賊大喊闌入52),
金俊民力戰死之, 賊乃退。賊投書城中, 其略曰：「萬民入城, 一時
屠殺, 可慘。將帥一人, 送其邦53), 其餘安在城中可也。如欲講和,
則脫笠三揮.」書尾曰："六月二十七日, 羽柴54)備前宰相豊臣秀
家55)再拜."云。城中答書曰："我固戰死而已。而況天兵三十萬, 今
方追擊, 汝等盡勦無遺." 賊露臂叩之曰："唐兵已盡退去矣." 遂築

---

52) 闌入(난입) : 함부로 침범함.

53) 邦(방) : 邦域. 통치권이 미치는 영역.

54) 羽柴(우시) : 하시바. 豊臣秀吉(도요토미 히데요시)이 처음 쓰던 姓. 예를 들면, 德
川家康(도쿠가와 이에야스)은 가문으로부터 받은 성이 마쓰다이라[松平]였으며,
성인관례 후 모토노부[元信], 이후 영주로 활약하면서 모토야스라는 이름을 받
았으며, 다시 오다 가문과 새로운 동맹을 맺으면서 이에야스라 부르는 등 여러
번 개명을 했다.

55) 備前宰相豊臣秀家(비전재상풍신수가) : 비전의 책임자 도요토미 히데이에. 비전은
오카아마현[岡山縣]에 있는 도시. 곧, 宇喜多秀家(우키타 히데이에)를 일컫는데,
豊臣秀吉의 猶子가 되었던 인물이다. 豊臣秀吉의 부하로 1585년의 시코쿠[四國]
정벌, 1587년의 규슈[九州] 정벌, 1590년의 오다와라[小田原] 정벌 등에 큰 공을
세웠고, 임진왜란과 정유재란 때는 침략군의 監軍으로서 조선에 침입해 왔다.
즉, 1592년에 왜군의 제8진 1만 명을 이끌고 침입, 서울에 입성하여 왜군이 북
진한 뒤의 서울 수비를 담당, 이듬해 幸州 싸움에서 權慄 장군에게 대패했을 때
부상을 당하고 철군하였다. 1597년 정유재란 때도 왜군의 제2진을 이끌고 내침,
南原·全州를 점령하였으나, 素砂坪·鳴梁 싸움에서 일본군이 대패하자 퇴각했
다. 히데요시의 신임이 두터워 다섯 다이로[五大老]의 한 사람이 되었으나, 1600
년의 세키가하라[關原] 싸움에 西軍(豊臣軍)의 중심 전력으로 출전했다가 대패하
여 1606년 하치조섬[八丈島]에 약 50년간 유폐되었다가 죽었다.

五皐於東西兩門外，結竹爲柵而放丸，姜希輔力戰死之。又進等放火箭毀柵，賊乃退。賊又作大櫃，置四輪車上，銳卒數十，各穿堅甲，推挽而進，以鐵錐鑿城。進等束火灌油而投之，櫃賊盡死，賊乃退。

二十八日。禮元不謹踐更56)，致賊潛來鑿城，進等覺之殊死57)戰，賊酋一人。中丸而死，殺死者亦千餘人。進臨城俯視曰：“今日之戰，賊屍盈塹，可謂大捷.” 忽有一賊仰而放丸。中進左額而死。宗仁斂瘗于麻田中。時黃進·張潤·李宗仁·金俊民·吳宥·李潛·姜希輔·姜希悅等，皆稱力戰，而進之忠烈智勇，爲諸將最。一城甚倚重焉，及其死也，莫不洶懼。

二十九日。以禮元代進爲巡城將，禮元脫笠而騎，垂涕而行。慶會怒，將斬之而止，卽以張潤代之，未幾，潤亦中丸而死。時東門城子58)，因雨頹圮，群賊蟻附而上。宗仁等與其親兵，捨弓矢持短兵搏戰，賊死殆盡，賊乃退。賊之精銳，又自西北門，揮劍踊躍而至，禮元先走。諸軍大潰，咸集於矗城，賊遂闌入，於是象乾·梁山璹扶千鎰，文弘獻扶慶會，吳玭·金麟渾·高敬元扶從厚，北向再拜，

---

56) 踐更(천경) : 漢代의 군사제도로서 병졸로 징발된 자가 대신 사람을 사서 보내는 일을 말함. 여기서는 병사가 번갈아 교대하면서 순찰을 도는 것인데, 곧 夜警을 일컫는다.

57) 殊死(수사) : 어떤 뜻을 이루기 위하여 죽음을 각오함.

58) 城子(성자) : 城堡. 적을 막으려고 성 밖에 임시로 만든 소규모의 요새.

赴南江而死。山璹素善泅游, 千鎰曰 : "汝可以免, 努力更圖, 滅此仇賊。" 山璹義不獨生, 遂與同死。宗仁・希悅・宥・潛等十餘人, 奮劍斫賊, 抵死乃已。最後, 宗仁轉鬪, 至南江, 左右腋, 各挾一賊, 大呼赴水曰 : "金海府使李宗仁, 死於此."云。

七月初二日。賊發向湖南。前鋒將六毛里・鹿加未等, 一軍至河東, 一軍至石柱。有一賊酋, 爲淸正謀曰 : "攻城十日, 精銳挫甚, 不可以此得志湖南。休兵爲善," 淸正然之, 卽令撤回。是夜, 林遇華從河東遁還。遇華博通書籍, 兼有膽略, 其在軍中。諸將皆重之, 每事輒訪焉。

乙未[59]冬, 余見遇華於光陽縣, 問當時事。遇華陳述, 不差一二, 繼之以涕, 至於嗚咽。余甚義之, 約以他日相過[60]。未數年。病逝云。[61]

---

59) 乙未(을미) : 宣祖 28년인 1595년.

60) 相過(상과) : 서로 왕래함.

61) <후기> 같은 성격을 지닌 안방준의 글이 덧붙여져 있다. 그런데 이상익・최영성이 번역한 ≪은봉야사별록≫(아세아문화사, 1996)의 부록으로 첨부한 영인 자료를 살피면, 1849년 간행한 일본판 嘉永本과 1864년 간행한 ≪隱峯全書≫ 권7의 수록본 사이에는 많은 차이가 있다. 이뿐만 아니라 제2차 진주성 싸움과의 관련성이 떨어지는 내용이다. 그래서 여기서는 생략하였다. 한편, 일본판 가영본에 의하면, 1596년 저술된 <진주서사>는 1627년에 自編한 것으로 나온다.

〈삼원기사 三冤記事〉

김덕령 金德齡
(1567~1596)

장군(將軍) 김덕령(金德齡)의 자는 경수(景樹)이다. 광주(光州)에서 살았다. 남보다 월등한 용맹심이 있어서 굽힐 줄 모르는 기재와 절조를 자부하였으나, 나이가 거의 서른이 다 되도록 알아주는 자가 없었다. 임진왜란 때에 공(公)은 모친상을 당하여 상례(喪禮)를 다하느라 집을 지키고 있었다. 이때 관군과 의병이 곳곳에서 도망하여 무너지니, 나라의 형세는 매우 위태로워 수습할 수 있는 것이 결코 아니었다.

공의 매형 별좌(別坐) 김응회(金應會)와 동지들이 공에게 의병을 일으키도록 권유하자, <의병을 일으키며> 당당한 위세를 크게 떨치니 용사(勇士)와 무부(武夫)들이 구름과 안개처럼 일시에 모여들었다. 드디어 군사를 이끌고 영남으로 들어갔는데, 왜적은 이 사실을 듣고 여러 곳에 주둔한 왜적들을 거두어 한 곳에 합쳐서 대군을 갖추어 항거하였다. 마침 조정이 강화(講和)를 맺고자 하는 일로써 공을 만류하며 진군하지 못하도록 하자, 공은 산음(山陰)과 거창(居昌) 등지에서 그대로 머물러 있었다. 그 뒤에 의병을 진주(晉州)로 옮기고는 여러 차례 나아가 싸우기를 청하였지만 조정에서 허락하지 않았다. 또 공이 전공(戰功)을 세우는 것을 꺼리는 자들이 있어서 미친개처럼 으르릉 짖어대며 저지하고 방해하였다.

이에, 공은 큰 전공을 세울 수가 없고 장차 화가 닥치리라는 것을 알고는 북받쳐서 마음의 병이 되어 오로지 날마다 술을 마시며 울분을 달랠 뿐이었다. 이웃고을에 어떤 사람이 죄를 범하자 공이 그의 목을 베어버렸는데, 공을 시기하던 자들이 이때를 틈타서 아무런 이유도 없이 사람을 죽였다고 모함하여 의금부에 잡혀 갇혔다가, 재상(宰相) 정탁(鄭琢)이 힘써 구해준 덕분에 풀려날 수 있었다. 임금께서 불러 보시고는 어마(御馬) 한 필을 내리시어 서둘러 의병(義兵)의 진영(陣營)으로 돌아가라고 명하였다.

이때 충청 병사(忠淸兵使) 이시언(李時言)과 경상 우병사(慶尙右兵使) 김응서(金應瑞) 등이 특히 공을 시기하여 죽이려 들었다. 마침 역변(逆變 : 1596년 이몽학의 난)이 일어나자, 이시언은 자기의 심복 10여 명을 이리저리 나누어 보내고 헛소문을 길거리에 퍼뜨려서 공을 역당(逆黨)의 주모자로 여겨지도록 하였고, 사람들의 마음에 의혹이 있게 하였다. 이시언은 또 조정의 사대부에게 편지를 보내면서 "공에게 모반하려 했던 흔적이 있다."고 말하였다. 그 편지가 대궐 안으로 돌아 들어가자, 임금께서 크게 놀라시고 잡아다가 심문하라는 명을 내리려고 하셨으나, 그가 도망하여 반역할까 염려하시고 먼저 밀지(密旨)를 도원수(都元帥) 권율(權慄)과 진주 목사(晉州牧使)

성윤문(成允文)에게 보내어 꾀를 써서 잡아 보내라고 하셨다.

얼마 지나지 않아서 이시언의 밀계(密啓)가 도착하자, 임금께서 대신들에게 물으시기를, "김덕령은 능히 공중을 날아다닐 수 있다고 하는데 어떻게 사로잡을 수 있겠는가?" 하셨다. 승지(承旨) 서성(徐渻)이 말하기를, "김덕령이 반역했을 리가 만무하오니 무사(武士) 한 명으로도 형틀에 묶어올 수가 있습니다." 하니, 임금께서 말하시기를, "너는 어찌하여 그리 쉽게 말하는가?" 하시고는 곧 서성에게 직접 가서 체포하라고 명하셨다.

지난날 잡혔을 때도 공이 타던 말이 며칠 동안 먹지 못했다. 이번에 이르러서도 그 말이 또 10여 일 동안 먹지 못하자, 공이 마음속으로 매우 걱정하였다. 성윤문이 이미 밀지를 받은 터라 편지로써 공에게 청하기를, "긴히 마주보고 논의할 일이 있으니 즉시 달려오시오." 하자, 공이 말하기를, "이는 필시 조정이 나를 사로잡으라는 명을 내린 것이다." 하고는 말을 재촉하여 나아갔다. 성윤문이 여러 장수들과 함께 앉아 있다가 공을 맞아들여서는 밀지를 공에게 보이자, 공은 관(冠)을 벗고 계단 아래에 엎드렸는데, 여러 장수들이 차마 붙잡아 묶지 못하고 서로 쳐다만 볼 뿐 아무런 말이 없었다. 공이 성윤문에게 말하기를, "헛된 명성이 실제보다 지나쳐 이런 화를 당하기에 이르렀으니, 만일 엄중히 형틀을 갖추지 않으면 영공(令公)도 또한 반드시 죄를 얻을 것이외다." 하니, 온 좌중이 눈물을 뿌렸다. 이내 형틀에 묶어서 압송하는데 운봉(雲

峯 : 전북 남원)에 이르러서야 서성과 서로 만나니, 서성이 마침내 호송하여 올라갔다. 이시언은 옥사(獄事)가 성립되지 않을까 염려하여 또 은밀히 역당 2명을 사주하여 공을 끌어들이게 하였다.

김응남(金應南)과 정탁 두 재상이 또 힘써 구하였는데, 정탁은 심지어 죄를 면하여 방면되도록 아뢰는 글을 직접 지어서 국청(鞫廳)에 보였고, 김응남은 "이 계사(啓辭)는 이치에 맞고 지극히 당연하오." 말하고 연명(聯名)으로 계사를 올리자고 청하였다. 나머지가 모두 아무런 대답을 하지 않자, 정탁은 곧 초안을 소매에 넣고 물러 나왔다. 이로부터 감히 다시는 공을 위해 말하는 자가 없었다. 마침내 엄한 형벌이 가해져 옥중에서 죽으니, 공을 아는 자든 알지 못하는 자든 모두 애석해 하지 않은 자가 없었다. 뒷날 지사(知事) 이정암(李廷馣)이 상소하여 억울함을 변호하고 증직을 청하였으나, 대답이 없었다.

金德齡

金將軍德齡, 字景樹。居光州。有絶倫[1]勇力, 以氣節自許, 年幾三十, 人無知者。壬辰之亂, 公丁內艱[2]家居。時官軍義兵, 處處奔潰, 國勢岌岌, 決不可收拾。

公姊夫金別坐[3]應會與同志[4], 勸公起兵, 威聲大振, 勇士武夫, 雲合霧集[5]。遂領軍入嶺南, 賊聞之, 撤諸處留屯之賊, 合爲大陣以拒之。會朝廷以講和事, 止公毋進, 公仍留山陰[6]·居昌等地。後移兵晉州, 屢請出戰, 朝廷不許。又有忌其成功者, 狺吠沮撓。

於是, 公知大功不成, 將有禍患, 感激成心疾, 唯日飲酒消憂而已。隣邑有一人犯罪, 公斬之, 忌之者乘時, 誣以無端殺人, 拿囚禁

---

1) 絶倫(절륜) : 매우 두드러지게 뛰어남.
2) 丁內艱(정내간) : 1593년 모친상을 당한 것을 일컬음. 김덕령의 어머니는 南平潘氏로 直長 潘繼宗의 딸이다. 14세 때(1580) 그의 아버지는 이미 죽었다.
3) 別坐(별좌) : 조선시대에, 각 관아에 둔 정5품과 종5품 벼슬.
4) 同志(동지) : 宋齊民과 김덕령의 처남 李寅卿, 담양부사 李景麟, 장성현감 李貴 등을 가리키는 듯.
5) 雲合霧集(운합무집) : 구름이 모이고 안개가 모여든다는 뜻으로, 많은 사람이 일시에 한곳으로 모여드는 것을 비유하는 말.
6) 山陰(산음) : 경상남도 산청 지역의 옛 지명.

府, 賴鄭相琢[7]力救得免。上引見, 賜以御馬一匹, 促命還陣。

時忠淸兵使李時言[8]·慶尙右兵使金應瑞[9]等, 尤忌公欲殺之。

---

7) 鄭相琢(정상탁) : 재상 鄭琢(1526~1605). 본관은 淸州, 자는 子精, 호는 藥圃·栢谷. 1552년 성균생원시를 거쳐 1558년 식년문과에 급제하였다. 1565년 정언을 거쳐 1572년 이조좌랑이 되고, 이어 도승지·대사성·강원도관찰사 등을 역임하였다. 1581년 대사헌에 올랐으나, 장령 鄭仁弘, 지평 朴光玉과 의견이 맞지 않아 사간원의 啓請으로 이조참판에 전임되었다. 1582년 進賀使로 명나라에 갔다가 이듬해 돌아와서 다시 대사헌에 재임되었다. 그 뒤 예조·형조·이조의 판서를 역임하고, 1589년 謝恩使로 명나라에 다시 다녀왔다. 1592년 임진왜란이 일어나자 좌찬성으로 왕을 의주까지 호종하였다. 1594년에는 郭再祐·金德齡 등의 명장을 천거하여 전란 중에 공을 세우게 했으며, 이듬해 우의정이 되었다. 1597년 정유재란이 일어나자 72세의 노령으로 스스로 전장에 나가서 군사들의 사기를 앙양시키려고 했으나, 왕이 연로함을 들어 만류하였다. 특히, 같은 해 3월에는 옥중의 李舜臣을 극력 伸救하여 죽음을 면하게 하였으며, 水陸倂進挾攻策을 건의하였다. 1599년 병으로 잠시 귀향했다가 이듬해 좌의정에 승진되고 판중추부사를 거쳐, 1603년 영중추부사에 올랐다. 이듬해 扈從功臣 3등에 녹훈되었으며, 西原府院君에 봉해졌다.
8) 李時言(이시언, ?~1624) : 1589년 李山海의 천거로 五衛의 司勇에 등용되었으며, 그 뒤 사과에 오르고 1592년에는 상호군에 승진되었다. 임진왜란 중 황해도좌방어사로 있다가 충청도병마절도사로 전임, 경주탈환전에서 큰 공을 세웠다. 경주탈환전 때에 鄭起龍·權應洙 등의 의병장과 합세하고 명나라의 원군과 연합하여 수훈, 嘉善大夫에 승차되었다. 1594년 전라도병마절도사로 나아갔으며, 1605년 함경도순변사로 변방을 맡았다. 광해군 때에는 평안병사·훈련대장이 되었고, 인조 초에는 巡邊副元帥가 되었으나 1624년 李适이 반란을 일으키자 內應을 염려하여 奇自獻을 비롯한 35명이 처형될 때 함께 사형되었다.
9) 金應瑞(김응서, 1564~1624) : 본관은 金海, 자는 聖甫. 초명 應瑞는 나중에 景瑞로 개명하였다. 일찍이 무과에 급제, 임진왜란이 일어나자 8월 助防將으로 평양공략에 나섰으며, 싸움에서 여러 차례 공을 세워 평안도방어사에 승진되었다. 1593년 1월 명나라 李如松의 원군과 함께 평양성 탈환에 공을 세운 뒤, 전라도병마절도사가 되어 도원수 權慄의 지시로 남원 등지에서 날뛰는 토적을 소탕하였다. 1595년 경상우도병마절도사가 되었을 때, 선조가 임진왜란이 일어난 지 이틀 만에 동래부에서 장렬하게 전사한 宋象賢의 관을 적진에서 찾아오라고 하

會逆變[10]起, 時言, 分遣其腹心十餘人, 傳播訛言於道路, 以公爲逆
黨謀主[11], 使人心疑懼。 時言又移書[12]朝著[13]間士大夫, 言公有叛

자 찾아오기도 하였다. 1597년 도원수 권율로부터 의령의 南山城을 수비하라는
명을 받았지만 불복해 강등되었다. 그 뒤 1603년 충청도병마절도사로 군졸을
학대하고 祿勳에 부정이 있어 파직되었다가, 1604년 전공을 인정받아 捕盜大將
兼都正이 되었다. 1609년 정주목사를 지내고, 이어 滿浦鎭僉節制使와 北路防禦使
를 역임하고, 1615년 길주목사, 1616년 함경북도병마절도사, 2년 뒤에 평안도
병마절도사가 되었다. 그때 명나라에서 임진왜란 이후 세력이 강성해진 建州衛
의 후금 정벌을 위해 원병을 요청하자, 평안도병마절도사로 부원수가 되어 원
수 姜弘立과 함께 출전하였다. 그리하여 이듬해 深河지방에서 전공을 세웠으나,
薩爾滸의 전투에서 명나라 군사가 대패하고 선천군수 金應河, 운산군수 李繼宗
등이 전사하자 강홍립과 함께 후금에게 부득이하게 출병했음을 알리고 잔여병
과 함께 투항하였다. 포로가 된 뒤 비밀리에 적정을 탐지한 기록을 고국에 보내
려 했으나 강홍립의 고발로 탄로나 처형되었다.

10) 임진왜란 중인 1596년 7월 충청도 鴻山(지금의 夫餘)에서 이몽학이 일으킨 반란
을 가리킴. 1594년 4월 諸道의 의병을 忠勇將 金德齡의 휘하에 소속하게 했지만,
이미 명목상 조직되었을 뿐 국가에서 이들을 통제할 수 없었다. 특히 의병 중에
는 관군을 기피한 避役者들이 많았기에 기근과 질병이 닥치자 群盜로 변하는 경
우가 많았다. 이때 하급 장교로서 반란을 일으킨 것이 바로 이몽학의 난이다.
이몽학은 金慶昌・林億命・李龜・張俊載와 私奴 金彭從, 승려 凌雲 등을 거느리
고 스스로 선봉장이 되어 홍산 雙防築에서 군사 600~700명을 모았다. 7월 6일
이몽학군은 홍산현에 쳐들어가서 현감 尹英賢을 붙잡아 印信을 빼앗은 후 다시
林川郡에 쳐들어가 군수 朴振國을 포박했다. 이어 7일에 定山縣, 8일에 靑陽, 9일
에 大興을 차례로 함락시켰다. 10일 洪州城으로 진격하자, 홍주목사 洪可臣이 민
병을 동원하여 반격을 가하면서 이몽학의 목에 현상금을 붙이니, 전세가 불리
함을 알고 이몽학의 부하 김경창・임억명 등이 이몽학의 목을 베어들고 항복했
다. 한편, 이몽학과 합세하려 했던 호서지방 募粟官 韓絢이 관군의 공격을 받아
패주하다 잡혀 서울로 압송, 선조의 친국을 받고 처형되었다. 그런데 한현의 친
국과정에서 김덕령・洪季男・崔聃齡・郭再祐・高彦伯 등이 공모했다는 얘기가
나와 김덕령과 최담령은 고문 끝에 죽고 말았다. 뒤에 김덕령은 무고 당했음이
밝혀졌다.
11) 謀主(모주) : 일을 주장하여 꾀하는 사람.
12) ≪선조실록≫ 1596년 7월 17일조 3번째 기사에 나옴. 곧, "忠淸兵使 李時言의

狀。其書轉入闕內, 上大驚, 欲下拿命, 則恐其亡叛, 先以密旨諭都
元帥權慄14) · 晉州牧使成允文15), 設謀捕送。

<hr>

書狀에, '역적 괴수 韓絢을 올려 보냅니다. 비록 조정의 명령은 없었지만 역적의 괴수를 한 시각이라도 지체하여 머물러 둘 수 없기에 差使員을 정하여 압송합니다. 역적 괴수 金彭從을 洪州에 사는 생원 李翼賓이 사살했기에 머리를 베어 함 속에 담아 보냅니다.' 하였는데, 推鞫廳에 啓下하였다."이다. 반면, ≪은봉전서≫ 권3 <答李汝固問目>에 의하면, 이시언이 경상 좌병사 김응서와 함께 밀서를 柳成龍에게 보내어 말한 것으로 나온다.

13) 朝著(조저) : 임금과 신하들이 모여 나라의 정치를 의논하고 집행하는 곳.

14) 權慄(권율, 1537~1599) : 본관은 安東, 자는 彥愼, 호는 晚翠堂 · 暮嶽. 1592년 임진왜란이 일어나자 광주목사에 제수되어 바로 임지로 떠났다. 왜병에 의해 수도가 함락된 뒤 전라도관찰사 李洸과 방어사 郭嶸이 4만여 명의 군사를 모집할 때 광주목사로서 곽영의 휘하에서 中衛將이 되어 서울의 수복을 위해 함께 북진했다. 주장인 이광이 무모한 공격을 취해 대패하고 선봉장 李詩之 · 白光彥 등 여러 장수들이 전사했다. 그러나 오직 혼자만이 휘하의 군사를 이끌고 광주로 퇴각해 후사를 계획했다. 그 뒤 독산산성에서 왜적들에게 타격을 가했고, 1593년 2월 행주산성에서 대첩을 하였다. 파주산성으로 옮겨가서 도원수 金命元 등과 성을 지키면서 정세를 관망하던 중 명나라와 일본 간에 강화회담이 진행되어 휴전상태로 들어가자, 군사를 이끌고 전라도로 복귀하였다. 1597년 정유재란이 일어나자 적군의 북상을 막기 위해 명나라 제독 마귀와 함께 울산에 대진하였으나 도어사 양호의 돌연한 퇴각령으로 철수하였다. 이어 순천에 주둔한 왜병을 공격하려 하였으나, 전쟁의 확대를 꺼리던 명나라 장수들의 비협조로 실패하였다. 1599년 노환으로 관직을 사임하고 고향으로 돌아갔다.

15) 成允文(성윤문, 생몰년 미상) : 1591년 甲山府使로 부임하였고, 이듬해 임진왜란이 일어나 함경남도병마절도사 李瑛이 왜군의 포로가 되자 그 후임이 되었으며, 이어 함경북도병마절도사에 임명되었다. 1593년 형벌을 너무 엄히 하여 군민들의 불평이 크다는 탄핵을 받았다. 그해 함흥부 噓呼里 지방에서 왜적을 물리쳤다. 1594년 경상우도병마절도사로 부임하였으나 사간원에 의해 군율이 가혹하고 탐욕스럽다는 탄핵을 받아 파직되었다. 1596년 晉州牧使에 제수되었다가 다시 경상좌도병마절도사에 올라 義興 · 慶州 일대에서 적을 물리쳤다. 1598년 왜군 포로로부터 도요토미 히데요시가 죽어 왜적이 철수할 예정이라는 정보를 입수하여 조정에 올려 이에 대비토록 하였다. 그해 제주목사로 부임하였다가 1601년 水原府使를 거쳐 충청도수군절도사 · 평안도병마절도사 등을 지냈다.

未幾, 時言密啓至, 上問諸大臣曰 : "德齡能飛行空中云, 何以擒乎?" 承旨徐渻[16]曰 : "德齡萬無叛理, 一武士足以械來." 上曰 : "汝何易言也?" 卽命渻親往逮捕。

前日被拿時, 公所乘馬, 不食數日。 至是, 其馬又不食十餘日, 公心甚憂之。 允文旣得密旨, 以書請公曰 : "切有面議事, 可卽馳來." 公曰 : "此必朝廷有命捕我也." 促馬而進。 允文與諸將同坐, 迎公入, 以密旨示公, 公免冠下堦俯伏, 諸將不忍執縛, 相顧默然。 公謂允文曰 : "某虛名過實, 致有此禍, 若不嚴具器械, 令公亦必得罪." 滿坐揮涕。 乃械繫以送, 至雲峯, 與渻相遇, 渻遂監押[17]以來。 時言恐其獄事不成, 又陰嗾逆黨二人援引公。

金[18]鄭二相又力救, 鄭相則至於草救解[19]啓辭, 以示鞫廳, 金相

---

16) 徐渻(서성, 1558~1631) : 본관은 達城, 자는 玄紀, 호는 藥峯. 1592년 兵曹佐郎 때 임진왜란이 일어나자 왕을 扈從, 號召使 黃廷彧의 종사관으로 함북에 이르러 두 왕자와 황정욱 등이 포로가 되자 혼자 탈출했다. 왕명에 따라 행재소에 이르러 兵曹正郎, 直講이 되고 명나라 장수 劉綎을 접대했다. 그 후 암행어사에 이어 濟用監正에 특진, 이어서 5개도의 관찰사와 3조의 판서를 거쳐 判中樞府事를 지냈다. 1613년 癸丑禍獄에 연루, 11년간 유배되었다가 1623년 인조반정으로 형조판서에 복직, 이어 병조판서가 되었다. 1624년 李适의 난과 1627년 정묘호란 때에는 각각 왕을 호종했다.

17) 監押(감압) : 호송함.

18) 金(김) : ≪은봉전서≫에 의하면 金應南(1546~1598)으로 되어 있음. 본관은 原州, 자는 重叔, 호는 斗巖. 1567년 생원시에, 1568년 증광문과 급제하여 예문관·홍문관의 正字를 역임하였다. 1583년 同副承旨에 이르렀다가 제주목사로 좌천되었다. 인조 때 金尙憲이 쓴 ≪南程錄≫과 효종 때 李元鎭이 쓴 ≪耽羅誌≫에는 그가 제주 목사로 있을 당시 베푼 선정을 칭송하는 글이 실려 있다. 1591년 聖節使로 명나라에 갔다가 돌아온 후 같은 해 漢城府判尹에 올랐으며, 이듬해 1592년 임진왜란이 일어나서 왕이 피난길에 오르게 되자 柳成龍의 천거로 병조

曰：“此辭至當.” 請聯名入啓20）。餘皆不答, 鄭相乃袖草而退。 自是無敢復爲公言者。遂加嚴刑, 死於獄中, 知與不知, 莫不痛惜。後李知事廷馣21）上疏, 訟冤22）請贈職, 不報。

판서 겸 副體察使가 되어 병력을 통솔하고 평안도 의주로 피란하는 왕을 호종하였다. 이듬해 1593년 이조판서가 되어 왕을 따라 환도하여 1594년 우의정을 거쳐 1595년 좌의정에 임명되어 영의정 유성룡과 함께 임진왜란 후의 혼란한 정국을 수습하였다. 1597년 정유재란 때에는 按撫使로 영남지방에 내려갔다가 豐基에서 병이 위독해져서 귀경 후 관직을 사직하고 1598년에 죽었다.

19) 救解(구해) : 죄에서 벗어나기 위해 잘 변호함.

20) 入啓(입계) : 임금에게 상주하는 글을 올리던 일.

21) 廷馣(정암) : 李廷馣(1541~1600). 본관은 慶州, 자는 仲薫, 호는 四留居士·退憂堂. 1561년 문과에 급제, 외직으로 나가 延安·長湍·平山 등의 목사로 활약하였다. 李珥가 纂修廳을 세우고 문학을 하는 선비를 모을 때 뽑혀 掌令·司成·掌樂正이 되었다가 왜적의 침입을 방어하기 위하여 東萊府使로 특명을 받았다. 임진왜란 때는 吏曹參議로서 개성 방위에 공을 세우고 延安에서 의병을 모집하여 적을 격퇴, 그 공으로 嘉善同知中樞府使가 되었다. 병조 참판·황해도 순찰사를 역임하고 사망하였다.

22) 訟冤(송원) : 억울한 사정을 임금에게 호소해 시비를 변명하는 것.

김응회 金應會
(1555~1597)

별좌(別坐) 김응회의 자는 시극(時極)이다. 담양부(潭陽府)에서 살았다. 효성과 우애는 하늘로부터 타고났다. 어려서부터 뜻이 크고 기개가 있어서 좀스럽게 세상일에까지 신경 쓰지 않았다. 집에는 한 섬의 쌀조차 없어서 처자식들이 굶주림과 추위를 면하지 못하는데도 항상 여유가 있는 것같이 처신하니, 그를 알지 못하는 자는 미치광이[狂生]라고 지목하였다.

임진왜란 때 의병이 일어난 것은 모두 공(公)이 앞장서서 주창하였기 때문이다. 그의 손아래 처남인 장군 김덕령이 용맹심을 지니고 있었는데, 공이 또한 그에게 의병을 일으키도록 권유하고, 공은 그대로 의병에 머물러 막하의 참모가 되었다.

마침 홍세공(洪世恭)이 순찰사(巡察使)로 있었는데, 공이 좌상(左相 : 좌의정) 정철(鄭澈)과 친분이 두터웠던 것을 빌미로 함정에 빠뜨리려고 하는데도 그 단서를 찾지 못하였다. 이때 공의 어머니가 안질을 앓고 있어서, 의원이 '양간원(羊肝圓)이라는 처방이 신기한 효험이 있을 것이다.'고 하였다. 공은 어떤 사람으로부터 2마리의

양을 구하고서 그 1마리는 죽여 약을 만들었고, 다른 1마리는 달아나서 잃어버리는 문제가 생길까 염려하여 부사(府使)에게 이런 사정을 말하고 관아의 양떼 우리 속에 맡겨놓았다. 부사(府使) 이경린(李景麟)은 홍세공의 비위를 맞추려고 '민가에서 기르던 가축을 사사로이 관아에 맡겨놓는 것은 토주(土主 : 고을 수령)를 업신여겨 깔보는 일'이라 하여, 홍세공에게 서면으로 보고하면서 그 죄를 다스릴 것을 청하였다. 홍세공은 크게 기뻐하면서 이를 가지고 온갖 방법으로 날조하여 호강(豪强 : 권세를 믿고 횡포를 부리는 사람)으로 모함하고 부옥(府獄)에다 가둔 뒤 장계로 조정에 알렸다.

때마침 역변(逆變 : 1596년 이몽학의 난)이 일어나 김덕령이 붙잡히자, 공도 역시 붙들려서 의금부에 갇혔다. 이때 홍세공은 이미 교체되어 서울에 들어가 있었다. 재상 김응남(金應南)이 위관(委官 : 재판장)이 되어 국문(鞠問)을 주관하니, 공은 필시 죽을 것이라고 스스로 생각하였다. 임금께서 먼저 공에게 김덕령이 모반하려 한 정상이 있었던가를 묻도록 명하셨는데, 공은 김덕령이 나라를 위하여 충성을 다했었음을 남김없이 말하고, 다른 마음을 품은 정상이 없었었음을 보증하였다.

신문(訊問)을 받기에 이르러서는 고문하고 때리는 것이 매우 혹독하였는데도 공의 말하는 얼굴빛은 태연자약하였다. 김응남이 묻기를, "너는 엄중한 매질을 당하면서도 어찌 아프고 괴로운 표정이 없단 말인가?" 하니, 공이 대답하기를, "곤장이 내 살갗에 떨어지는데 어떻게 아프지 않을 수 있겠습니까? 지척에 궁궐이 있으니, 어찌 미천한 신하의 처참하고 고통스런 소리를 임금의 귀에까지 들리도록 할 수가 있겠습니까?” 하였다. 다시 신문을 받고 진술서를 작성하기에 이르러서는 공이 손으로 두 다리를 부여잡고 끌어당겨 가지런히 한 다음에 단정히 꿇고서 오직 정성스럽게 서명하였다.

신문이 끝나고 장차 옥(獄)으로 돌아가게 되었을 때 조용히 일어서서 평소와 다름없이 빠른 걸음으로 나왔다. 김응남이 감동하여 말하기를, “참으로 의사(義士)이로다. 이 사람이 만약 죽게 된다면, 우리들은 후세에 반드시 선비를 죽였다는 악명을 얻게 될 것이다.” 하고는, 그날로 회계(回啓 : 임금의 물음에 대하여 신하들이 대답하는 일)하여 공을 죄에서 벗어나도록 변호하였으니, ‘형문(刑問)을 받을 때에 흐트러짐이 없었고, 말한 바는 모두 충성스럽고 정직하였다.’ 등의 말이 적혀 있었다. 임금께서 즉시 명하여 풀어주게 하였다.

친구들이 서로 어울려서 찾아가 위로하고는 공에게 묻기를, “대궐의 뜰에서 고문하고 때리는 것의 혹독함은 장사(壯士)라도 감당하기가 어려운데, 자네는 어떻게 평소처럼 태연하였기에 위관(委官)으로 하여금 감동케 하여 이리될 수 있었단 말인가?” 하니, 공은 빙그레 웃으면서 응답하기를, “고문하고 때리는 것을 당할 때는 그 괴로움을 알지 못했었네. 다만 서까래 같은 곤장으로 다리뼈를 휘갈길 때면, 그 소리가 요란해서 마치 거문고의 큰 줄[大絃] 소리 같았다네.” 하였다. 좌중의 사람들이 모두 크게 웃었다.

옥에서 나온 그 다음날에는 그의 아들 김충원(金忠元)으로 하여금 편지를 받들어 파산(坡山 : 경기도 파주)으로 가서 우계(牛溪 : 성혼) 선생께 안부를 여쭙도록 하였다. 친구들이 그것을 만류하면서 말하기를, "자네가 저번과 이번에 겪은 화(禍)의 뿌리는 모두 서인(西人)이었기 때문이네. 하물며 지금 우계는 바야흐로 비방과 모함을 받아 석고대죄하면서 어명을 기다리고 있네. 자네는 잠시 그만두는 것이 좋을 것이네." 하였지만, 공은 듣지 않았다. 우계의 답서가 도착하기에 이르러서는 공이 편지를 받아들고 감회에 젖어 눈물이 그치지 아니하였다. 사람들이 모두 말하기를, "김 아무개는 부모에게 효도하고 임금에게 충성한데다가 또 스승에게도 도리를 다하였으니, 삼생사일(三生事一 : 나를 낳아 길러준 父師君을 하나같이 섬김)의 의리를 깨달았다고 말할 만하다." 하였다.

<집으로> 돌아온 뒤에 홍세공은 또 지난번 호강(豪强)의 옥사가 아직 끝마치지 않았으므로 사헌부를 사주하여 본도(本道 : 전라도)에 공문을 보내도록 하니, 나주(羅州)의 옥에 갇혔다. 정유년(1597) 왜구가 남원(南原)을 함락했을 때, 공은 여전히 옥에 있다가 왜적이 나주를 바싹 들이닥치자 그제야 옥에서 나와 집으로 돌아올 수 있었다. 어머니를 모시고 산으로 들어가 피란하려 하다가 도중에 왜적을 만났는데, 왜적이 막 어머니를 해치려 하자 공은 울부짖으며 끌어안았다가 어머니와 함께 죽었다. 17년이 지나서 계축년(1613)에 효행으로 정문(旌門)이 세워졌다.

金應會

金別坐應會字時極。居潭陽府。孝友出天。自少倜儻, 不屑屑[1]
於世間事。家無甔石[2], 妻子不免飢寒, 而處之常若有裕, 不知者以
狂生目之。

　壬辰義兵之起, 皆公之倡首也。其妻弟金將軍德齡有勇力, 公又
勸之起兵, 公因留幕下參謀。

　會洪世恭[3]爲巡察使, 以公與鄭左相澈[4]親厚, 欲陷之而未得其

---

1) 屑屑(설설) : 좀스럽게 작은 일까지 신경 씀.
2) 甔石(담석) : 한 항아리나 한 섬의 곡식을 이르는 말로, 소량의 양식을 가리킴.
3) 洪世恭(홍세공, 1541~1598) : 본관은 南陽, 자는 仲安, 호는 鳳溪. 1573년 식년문
　과에 급제, 여러 벼슬을 거쳐 1588년 平安道救荒敬差官이 되어 永柔縣監 任兌를
　처벌하는 등 민심을 수습하는 데 공을 세워 왕의 신임을 받았다. 1592년 임진
　왜란이 일어나자 평안도 調度使가 되어 明軍의 군수조달의 책임을 지고 戰陣의
　상황을 왕에게 수시로 보고하였다. 곧 참의로 승진되어 조도사를 겸하고, 이어
　함경도도순찰사가 되어 영흥의 적정을 보고하여 군의 계책을 진언하고, 각 지방
　에 남은 식량과 들판에 널려 있는 곡물을 거두어들이는 데 전력하였다. 1594년
　전라도관찰사로 전주부윤을 겸하여 곡창지대인 호남지방의 양곡을 調度하였다.
　1596년 좌부승지를 거쳐 우승지·참찬 등을 역임하고, 정유재란이 일어날 징후
　가 보이자 다시 평안도 조도사가 되어 군량조달에 힘쓰던 중 숙환이 재발되어
　군중에서 죽었다.
4) 澈(철) : 鄭澈(1536~1593). 본관은 延日, 자는 季涵, 호는 松江. 어려서 인종의 귀

端。 時公母夫人患眼疾, 醫云‘羊肝圓[5]有神效.’ 公求得二羊於人,

殺其一而成劑, 其一則慮有逸失之患, 言于府使, 托寘官牢羊群中。

府使李景麟[6], 希世恭旨[7], 以爲‘民家所畜, 私自托寘官府, 事涉陵

侮土主[8].’ 牒報[9]世恭, 請治其罪。 世恭大喜, 因此搆捏百端, 誣以

豪强[10]囚府獄, 啓聞于朝。

　　會逆變起, 德齡被拿, 公亦拿囚禁府。 時世恭已遞入京。 金相應

南爲委官[11], 主鞫獄, 公以必死自分[12]。 上命先問德齡叛狀於公,

인인 큰 누이와 桂林君 瑠의 부인이 된 둘째누이로 인연하여 궁중에 출입하였
다. 1580년 강원도 관찰사로 등용되었고, 이후 3년 동안 전라도와 함경도 관찰
사를 지내면서 시작품을 많이 남겼다. 이때 <關東別曲>을 지었고, 또 시조 <訓
民歌> 16수를 지어 널리 낭송하게 함으로써 백성들의 교화에 힘쓰기도 하였다.
1585년 관직을 떠나 창평에 낙향하여 4년 동안 작품 생활을 하였다. 이때 <思
美人曲>, <續美人曲> 등 수많은 가사와 단가를 지었다. 1589년 우의정으로 발
탁되어 鄭汝立의 모반사건을 다스리게 되자 西人의 영수로서 철저하게 동인 세
력을 추방했고, 1590년 좌의정에 올랐다. 1591년 광해군의 세자 책봉을 건의했
다가 선조의 노여움을 사 파직되고 말았다. 晉州로 유배되었다가, 이어 江界로
移配되었다.

5) 羊肝圓(양간원) : 사물이 흐릿하게 보이는 증상 등을 치료하는 처방임.
6) 李景麟(이경린, 1533~?) : 본관은 全州, 자는 應聖. 1593년 潭陽府使로서 임진왜
　　란 중에 金德齡에게 종군을 권유하면서, 자신의 봉급을 털어서 전투에 필요한
　　제반 기구를 마련하는 등 의병 활동을 적극적으로 지원하였다. 임진왜란이 끝
　　난 후에는 驪州牧使에 임명되었다. 1606년 사헌부가 서북지방의 官妓를 사사로
　　이 거느리고 있는 종친·대신 등에 대한 파직 상소를 올렸는데, 이때 대상에 포
　　함되어 파직되었다.
7) 希世恭旨(희세공지) : 希旨承顏을 변용한 표현으로, 홍세공의 안색을 살펴 가며
　　기분을 맞추는 것을 일컫는 말.
8) 土主(토주) : 백성이 자기 고을 원을 이르던 말.
9) 牒報(첩보) : 서면으로 상관에게 보고함.
10) 豪强(호강) : 권세를 믿고 횡포를 부리는 사람.

公極言德齡爲國盡忠, 保無他心之狀。

及受訊, 拷掠甚酷, 公辭氣自若。金相問曰: "汝受重掠, 何無痛苦之色?" 公答曰: "杖落我肌, 如何不痛? 咫尺宸禁[13], 豈可使賤臣慘痛之聲, 聞于天耳乎?" 及再訊供辭[14], 公以手扶兩脚而整之, 端跪着署惟謹。

訊罷將還獄, 從容起立, 趍出如常。金相爲之感動曰: "眞義士也。此人若死, 吾輩後世必得殺士之名." 卽日回啓[15]救解, 有'臨刑不亂, 所言皆忠直.'等語。上卽命釋之。

知舊相與往慰, 仍問公曰: "殿庭拷掠之酷, 壯士難當, 君何從容自若, 使委官感動至此乎?" 公輾然而應曰: "當拷掠時, 不知其苦。但如椽之杖, 揮着脚骨, 其痛[16]訇然[17], 如琴中大絃音." 坐客皆大笑。

出獄之明日, 令其子忠元奉書, 問牛溪先生於坡山[18]。友人止之曰: "君前後禍胎, 皆以西人之故。況今牛溪方被讒誣[19], 席藁[20]俟

---

11) 委官(위관): 죄인을 신문할 때에, 의정대신 가운데서 임시로 뽑아 임명한 재판장.
12) 自分(자분): 스스로 헤아리거나 앎.
13) 宸禁(신금): 대궐. 궁궐.
14) 供辭(공사): 供招. 조선시대에, 죄인이 범죄 사실을 진술하던 일.
15) 回啓(회계): 임금의 물음에 대하여 신하들이 대답하는 일.
16) 痛(통): ≪은봉전서≫에는 '聲'으로 되어 있는데, 이를 따름.
17) 訇然(굉연): 큰 소리를 형용하는 말.
18) 坡山(파산): 경기도 파주. 성혼은 서울 順和坊에서 태어났지만, 경기도 파주 우계에서 거주하였다.
19) 讒誣(참무): 남을 헐뜯어 없는 죄를 있는 것처럼 꾸며 속이는 것.
20) 席藁(석고): 거적을 깔고 엎드려서 자신의 주장을 폄. 대개 대궐이나 의금부의

命21)。君可姑止." 公不聽。及牛溪答書至, 公持書, 感涕不已。人

皆曰 : "金某孝於親, 忠於君, 又盡節於師, 可謂得生三事一22)之義

矣."

　　及還, 世恭又以前日豪强獄事未訖, 嗾憲府移文本道, 囚羅州獄。

丁酉23), 倭寇陷南原, 公尙在獄, 賊逼羅州, 乃得出還家。陪母夫人,

入山避兵, 中路遇賊。賊將害母夫人, 公號呼抱持, 與之同死。後十

七年癸丑24), 以孝行旌門。

　　문밖에서 처벌을 각오하며 자신의 결백을 주장하는 것이다.

21) 成渾은 1594년 명나라가 전면 철군시키면서 대왜강화를 강력히 요구해온 것에
대하여 유성룡과 함께 명나라의 요청에 따르자고 건의하고, 또 許和緩兵을 건의
한 李廷馣을 옹호하다가 선조의 미움을 받았다. 특히 왜적과 내통하며 강화를
주장한 邊蒙龍에게 왕은 비망기를 내렸는데, 여기에 有識人의 동조자가 있다고
지적하여 선조는 은근히 성혼을 암시하였다. 이에 성혼은 용산으로 나와 乞骸疏
를 올리고, 그 길로 사직하고 연안의 角山에 우거하다가 1595년 2월에 파산의
고향으로 돌아왔다. 그는 죽을 때까지 죄가 큰 죄인으로 嚴譴을 기다리는 처지
라면서 대죄하는 삶을 살았다.

22) 生三事一(생삼사일) : 낳고 기른 사람은 셋이지만 섬기고 모시는 일은 한결같아
야 한다는 말. 자신을 낳아 준 아버지, 지식을 가르쳐 준 스승, 밥을 먹게 해준
임금은 나를 낳고 기르는데 똑같은 은혜를 베풀었으므로, 셋을 구분하지 말고
똑같이 섬기어야 된다는 뜻이다.

23) 丁酉(정유) : 宣祖 30년인 1597년.

24) 癸丑(계축) : 光海君 5년인 1613년.

김대인 金大仁
(?~1597)

　의병장(義兵將) 김대인(金大仁)은 순천부(順天府)에서 살았다. 집안의 지체가 본디 천하여 어려서 일찍이 중이 되었다가, 중년에 머리를 기르고 환속하여서는 걸식하면서 살았다. 그 후로 무과(武科)에 급제하였다. 임진왜란 초에 공(公)은 석보촌(石堡村)에 살고 있었는데, 그곳은 좌수영(左水營)과 서로 인접해 있다.

　이때 좌수사(左水使) 이순신(李舜臣)이 새로 통제사(統制使)가 되어 위세를 삼남 일대에 떨쳤다. 하루는 이순신의 창두(蒼頭 : 노복) 몇 명이 석보촌에 들이닥쳐서 함부로 민가의 닭과 개를 노략질하니, 공이 그 노복들을 묶어놓고 때려서 거의 죽게 되었다. 이순신이 크게 노하고 공을 영문(營門)으로 잡아들여 혹독한 신문(訊問)을 가하려 하자, 공이 큰 소리로 말하기를, "종들이 제멋대로 하도록 놔두어 민폐를 끼친 것도 이미 옳지 못하다고 할 것인데, 또 죄도 없는 사람을 죽이려 드시니 장차 어떻게 3도를 호령하실 수 있단 말입니까?" 하였다. 이순신이 매우 기특하게 여기고는 즉시 포박을 풀게 하고 공을 막하에 머무르게 하니, 여러 차례 걸쳐 전공(戰功)

을 세웠다.

　이순신이 참소당하여 나포(拿捕)되어 간 뒤로 원균(元均)이 대신 그 군사를 지휘하게 되자, 공도 그대로 소속되었다. 정유년(1597) 한산도(閑山島)가 궤멸될 때에 공은 물로 뛰어들어 잠수하기도 하고 헤엄치기도 하면서 모두 3일 밤낮 동안 한 모금의 물도 입에 대지 못하였으니 굶고 지쳐서 거의 죽을 지경에 이르렀으나, 그래도 큰 칼과 궁시(弓矢 : 활과 화살)를 움켜쥐고서 끝내 놓지 않고 호랑이 아가리에서 벗어났다.

　겨우 살아 집으로 돌아와서는 또 단신으로 앞장서서 근왕(勤王) 하러 가는 도중 능성현(綾城縣)에 이르렀다. 이때 남원(南原)이 함락 되고 왜적이 가득하여 도로가 통하지 않고 막히니, 공은 그대로 능성현에 머물면서 의병을 불러 모으려고 하였다. 피란한 무사(武士)들이 산골짜기에 많이 모여 있다는 말을 듣고 직접 가서 권유하자, 모두가 말하기를, "서울 소식을 듣지 못하고 있으니, 경솔하게 함부로 의병을 일으킬 수는 없습니다." 하니, 공이 목소리를 높여 말하기를, "그대들은 어찌하여 이런 말을 한단 말인가? 설령 나라 가 망한다 하더라도 그대들은 어찌하여 두 성씨를 섬기려들 수가 있단 말인가?" 하고는 마침내 눈을 부릅뜨고 칼을 빼어드니, 무사 들이 모두 뿔뿔이 흩어져 달아났다. 공은 크게 탄식하고 돌아오면 서 겨우 정병(精兵) 수백 명을 모아 연해(沿海)를 드나들며 왜적들을 무찌르고 사로잡았다. 광양(光陽) 전투에서는 공이 밤에 왜적의 성안으로 쳐들어가 적진을 박살내고 성을 빠져나올 즈음 적의 탄환을 넓적다리에 맞았다. 공은 칼로써 살을 갈라 탄환을 빼내었는데, 피가 흘러 자리에 홍건하였는데도 태연자약하게 말하고 웃으니 사람들이 모두 장하게 여겼다.

왜적이 대거 쳐들어오기에 이르러서는 공이 예성산(禮星山)으로 들어가 험준한 곳을 거점으로 삼으니, 그를 따르는 남녀들이 무려 수백 명에 이르렀다. 왜적들이 날마다 쳐들어 왔으나 끝내 산으로 오르지 못하고 병사들을 철수시켜 돌아갔다. 왜적들이 대군(大軍)을 이끌고 산 아래를 지나가자, 공이 깃대를 세우고 나팔을 불고는 큰 함성을 지르며 돌을 굴리면서 말하기를, “어찌하여 승부를 내지 않고 지나간단 말이냐?” 하니, 왜적이 마침내 군사를 되돌려서 서쪽 봉우리 위에다 진을 치고 사람을 시켜 소리치기를, “너희들이 비록 험준함만 믿고 있지만 진중(陣中)에는 샘물이 없으니, 오랫동안 포위하고 풀어주지 않으면 너희들은 필시 목말라 죽을 것이다. 모름지기 강화(講和)를 맺고 산을 내려와야 할 것이다.” 하였다. 대개 우리나라 사람으로 저들에게 붙잡힌 자들이 물이 없는 것을 알렸기 때문이었다. 공은 마지못하여 하는 수 없이 강화를 맺는 척하며 쌍방이 각각 사람을 보내어 인질로 삼도록 하고, 밤에는 남녀[士女]들을 매달아서 내려보내 왜적을 피하게 하였다. 다음날 밝아올 무렵, 공이 말에 올라앉아 칼을 휘두르며 뒤에서 홀로 남아 버티는데도 함성으로 땅을 뒤흔드니, 왜적이 감히 추격하지 못하였다. 남녀들이 모두 온전할 수 있었다.

왜적이 물러가자, 현령(縣令) 이희간(李希幹)이 산골짜기에 숨어 있다가 나와서는 은연중 바라는 마음이 있어 스스로 공의 군사들을 거느리고 싶어 했으나, 공이 달갑게 여기지 않았다. 공의 군사들은 모두 그 현(縣)의 사람들이었는데, 이희간은 공의 부모와 처자를 가두고 그 군사들도 다 빼앗아 윤미형(尹美亨)을 부장(副將)으로 삼았다. 미처 열흘도 되지 않아 인물역(人物驛)에서 왜적을 만나 군대가 전멸하였다. 이희간은 더욱 부끄럽고 분한 마음을 품게 되었는데, 온 힘을 다해 모함하여 기필코 공을 죽이려 하였다. 조정(朝廷)이 순찰사(巡察使) 황신(黃愼)으로 하여금 실제 사정을 조사하게 하자, 이희간이 온갖 방법으로 날조하니, 황신이 자못 의혹을 품었으나 그래도 감히 죄를 얽어 만들지는 못하고 다만 공과 허물이 서로 비슷한 것으로 회계(回啓)하여 마침내 그 군사를 흩어버렸다. 그 후에 공론(公論)으로 인하여 품계가 당상관(堂上官)에 오르고 임치 첨사(臨淄僉使 : 영광 첨사)가 되었으나, 얼마 되지 않아 파직되어 돌아왔다.

공은 성품이 지나치게 강직하여 무릇 비위에 저촉되기만 하면 비록 이름난 정승이나 높은 벼슬아치일지라도 반드시 기를 꺾어 욕보이니, 이 때문에 원망하고 분노하는 사람들이 많았다. 좌수사(左水使) 이유직(李惟直)이 공과 함께 술을 마신 적이 있었는데, 공이 술에 취하여 이유직을 업신여기며 탐관오리라고 말하였다. 이에 이유직이 화를 내자, 공이 말하기를, "네가 만약 탐관오리라는 말에 화가 난다면 무엇 때문에 탐욕을 부렸단 말이냐?" 하고는, 그대로 그의 뺨을 쳤다. 이유직이 이에 대한 앙심을 품고 '법으로 금한 곳에 들어가서 자라고 있는 소나무를 베었다.'고 모함하여 부옥(府獄)에 가두고는, 사람을 시켜 말하기를, "잘못했다고 굴복하면 무사할 것이다." 하니, 공이 꾸짖으면서 말하기를, "내 머리가 잘릴지라도 맹세코 이유직에게 굴복하지 않겠다." 하였다. 이유직이 크게 노하여 장계(狀啓)로 조정에 알리니, 의금부(義禁府)에 잡혀가 갇혔다. 옥졸(獄卒)이 뇌물을 요구하자, 공이 말하기를, "내 어찌 뇌물을 주어가면서 살기를 구걸하겠느냐?" 하고는, 마침내 분노가 끓어올라 피를 토하고 죽으니, 들은 사람들은 비통하게 여기기 않는 사람이 없었다.

삼원기사 끝. 병인년(1626) 가을, 순천 송광사 간행

金大仁

金義將大仁, 居順天府。家世[1]素賤, 少嘗爲僧, 中年長髮還俗, 丐食資生[2]。後登武科。壬辰亂初, 公在石堡村[3], 村與左水營相接。

時左水使李公舜臣, 新爲統制使, 威振三南。一日, 舜臣蒼頭[4] 數人, 來到石堡村, 亂掠民家鷄犬, 公縛其奴而杖之幾死。舜臣大怒, 拿致公於營門, 將加酷訊, 公大呼曰: "縱奴作弊, 旣云不可, 又欲殺無罪之人, 將何以號令三道乎?" 舜臣大奇之, 卽命解縛, 留置公于幕下, 屢立戰功。

後舜臣遭讒被拿, 元均[5]代領其衆, 公仍屬焉。丁酉閑山之潰,

---

1) 家世(가세) : 문벌 대대로 내려오는 그 집안의 지체.
2) 資生(자생) : 생계를 유지하며 살아감.
3) 石堡村(석보촌) : 전남의 여수시 여천동 石倉城. 석보는 15세기 중반 조선시대 널리 활용되었던 山地나 平山 지역이 아닌 평지에 축조된 方形의 성곽시설이다.
4) 蒼頭(창두) : 奴僕.
5) 元均(원균, 1540~1597) : 본관은 原州이고, 자는 平仲이다. 무과에 급제한 뒤 造山萬戶가 되어 북방에 배치되어 여진족을 토벌하여 富寧府使가 되었다. 전라좌수사에 천거되었으나 평판이 좋지 않다는 탄핵이 있어 부임되지 못했다. 경상우도 수군절도사에 임명되어 부임한 지 3개월 뒤에 임진왜란이 일어났다. 왜군이 침입하자 경상좌수영의 수사 朴泓이 달아나버려 저항도 못해보고 궤멸하고 말

公投水, 或泅或游, 凡三日夜, 勺飮不入口, 飢困垂死, 而猶手握大刀弓矢, 終不肯捨, 得脫虎口。

纔還于家, 又以單騎, 挺身勤王, 行至綾城縣6)。時南原陷沒, 賊兵充斥, 道路不通, 公因留縣地, 欲招募義兵。聞避亂武士多聚山谷, 親往勸之, 皆曰 : "京城消息未聞, 不可輕易起事." 公厲聲曰 : "君等何爲出此言? 設使國亡, 君等欲事二姓乎?" 遂張目拔劒, 諸武士皆散走。公太息而還, 僅募得精兵7)數百, 出入沿海, 勦捕諸賊。

앗다. 원균도 중과부적으로 맞서 싸우지 못하고 있다가 퇴각했으며 전라좌도 수군절도사 이순신에게 원군을 요청하였다. 이순신은 자신의 경계영역을 함부로 넘을 수 없음을 이유로 원군요청에 즉시 응하지 않다가 5월 2일 20일 만에 조정의 출전명령을 받고 지원에 나섰다. 5월 7일 옥포 해전에서 이순신과 합세하여 적선 26척을 격침시켰다. 이후 합포·적진포·사천포·당포·당항포·율포·한산도·안골포·부산포 등의 해전에 참전하여 이순신과 함께 일본 수군을 무찔렀다. 1593년 이순신이 삼도수군통제사가 되자 그의 휘하에서 지휘를 받게 되었다. 이순신보다 경력이 높았기 때문에 서로 불편한 관계가 되었으며 두 장수 사이에 불화가 생기게 되었다. 이에 원균은 육군인 충청절도사로 자리를 옮겨 상당산성을 개축하였고 이후에는 전라좌병사로 옮겼다. 1597년 정유재란 때 加藤淸正이 쳐들어오자 수군이 앞장서 막아야 한다는 건의가 있었지만 이순신이 이를 반대하여 출병을 거부하자 수군통제사를 파직당하고 투옥되었다. 원균은 이순신의 후임으로 수군통제사가 되었다. 기문포 해전에서 승리하였으나 안골포와 가덕도의 왜군 본진을 공격하는 작전을 두고 육군이 먼저 출병해야 수군이 출병하겠다는 건의를 했다가 권율 장군에게 곤장형을 받고 출병을 하게 된다. 그해 6월 가덕도 해전에서 패하였으며, 7월 칠천량 해전에서 일본군의 교란작전에 말려 참패하고 전라우도 수군절도사 이억기 등과 함께 전사하였다. 이 해전에서 조선의 수군은 제해권을 상실했으며 전라도 해역까지 왜군에게 내어 주게 되었다. 그가 죽은 뒤 백의종군하던 이순신이 다시 수군통제사에 임명되었다. 임진왜란이 끝난 뒤 1603년 이순신·권율과 함께 선무공신에 책록되었다.

6) 綾城縣(능성현) : 전남 화순군 능주.
7) 精兵(정병) : 우수하고 강한 군사.

光陽8)之戰, 公夜入城中斫營, 及出城, 丸中于髀。公以刀刳肉出丸, 流血滿席, 言笑自若, 人皆壯之。

及賊大至, 公入禮星山據險, 士女隨之者無慮數十百人。賊日日來侵, 終不敢登, 撤兵而還。賊以大兵過山下, 公建旗吹角, 大呼放石曰 : "何不決勝負而過去乎?" 賊遂回軍, 陣于西峯上, 使人呼曰 : "汝雖恃險, 屯中無水泉, 久圍不解, 汝必渴死。須講和下山." 蓋我國被俘人, 以無水告故也。公不得已佯許和, 各遣人爲質, 夜縋下士女避賊。平明9), 公躍馬奮劒, 從後獨當, 喊聲動地, 賊不敢追。士女皆得全。

賊退, 縣令李希幹, 自山谷間出, 隱然有希望之心, 欲自領其軍, 公不肯。其軍皆縣人, 希幹囚其父母妻子, 盡奪之, 以尹美亨爲副將。未十日, 遇賊於人物驛10), 一軍全沒。希幹愈懷慙憤, 極力誣陷, 期於必殺。朝廷令巡察使黃愼11)查覈, 希幹萬端搆捏, 愼頗惑

---

8) 光陽(광양) : 전남의 광양시.

9) 平明(평명) : 해가 돋아 밝아질 때.

10) 人物驛(인물역) : 전남 화순군 이양면 금능리를 가리킴. 임진왜란 당시에는 전남 능주목에 속한 마을이다.

11) 黃愼(황신, 1560~1617) : 본관은 昌原, 자는 思叔, 호는 秋浦. 1588년 알성문과에 장원으로 급제하였다. 그 뒤 감찰·음죽현감 등을 거쳐, 호조·병조의 좌랑을 역임하였다. 1589년 정언이 되어 鄭汝立을 김제군수로 임명한 李山海를 追論하였다. 그리고 정여립의 옥사에 대해 직언하지 않는 대신을 논박하다가 이듬 해 고산현감으로 좌천되었다. 1591년 建儲문제가 일어나자 鄭澈의 일파로 몰려 파직 당하였다. 1592년 다시 기용되어 사서·병조좌랑·정언 등을 지냈다. 다음 해 지평으로 명나라 經略 宋應昌을 접반하였다. 1596년 변방 백성들을 따뜻하게 위로하는 방법을 進達해서 절충장군이 되었다. 통신사로 명나라의 사신 楊邦

之。然猶不敢成罪, 只以功過相準[12]回啓, 遂罷其兵。後以公論陞
堂上, 爲臨淄[13]僉使, 未幾罷還。

　　公性太剛, 凡所激觸, 雖名卿大官, 必折辱之, 以此人多怨怒。
左水使李惟直[14], 嘗與公飮酒, 公乘醉, 語侵惟直貪汚。惟直怒。公
曰 : "汝若怒, 則何用貪爲?" 仍(因)批其頰。惟直啣之, 誣以'犯禁斫
取生松木.' 囚府獄, 使人言曰 : "降則無事." 公叱曰 : "吾頭可斷,
誓不爲惟直所屈." 惟直大怒, 啓聞于朝, 拿囚禁府。獄卒請賂物, 公
曰 : "我豈行賂求活者乎?" 遂憤恚[15], 嘔血而死, 聞者莫不悲痛。

三冤記事終　丙寅秋　順天　松廣寺刊

亨・沈惟敬을 따라 일본에 다녀왔다. 이어 慰諭使・贊劃使 등을 거쳐 전라감사
에 임명되었다. 이후 전쟁으로 피폐해진 남원의 복구에 공을 세워 동지중추부사
가 되었다. 1601년 대사헌이 되었으나, 鄭仁弘의 사주를 받은 文景虎가 스승인
성혼을 비난하자 이를 변호하다가 파직되었다. 이듬해 謝恩使로 명나라에 가는
도중 漁陽에 이르렀을 즈음, 정인홍의 탄핵으로 삭탈관작 되었음을 듣고 강화로
돌아갔다. 그러나 1605년 임진왜란 때의 공이 인정되어 扈聖宣武原從功臣에 책
록되었다. 1609년 호조참판으로 陳奏副使가 되어 李德馨과 함께 명나라에 다녀
와서 공조판서・호조판서 등을 역임하였다. 1612년 임진왜란 때 광해군을 시종
한 공로로 衛聖功臣 2등에 책록되고, 檜原府院君으로 봉해졌다.
12) 相準(상준) : 서로 비슷함.
13) 臨淄(임치) : 전라남도 영광 지역의 옛 지명.
14) 李惟直(이유직, 1552~?) : 본관은 全州, 출신지는 漢陽. 1583년 별시에 무과 급제
　　하였다. 1594년 朔寧郡守, 1597년 慶興府使, 1604년 寧遠郡守 등을 지냈다. 1606
　　년 杆城郡守를 지내던 중, 3월 3일 강원도암행어사 朴顔賢이 형벌에 대한 집행
　　이 가혹하고 초병을 모집하는 일에 폐단이 있어 민심을 잃었다며 파직을 청하
　　여 파직되었다. 1608년 忠淸道兵馬節度使로 재직 중, 멋대로 병사를 징발하려고
　　했다는 이유로 사헌부의 탄핵을 받았다. 全羅左道水軍節度使를 지낼 때, 적임자
　　가 아니라며 체직하라는 탄원을 사간원에서 하였으나 받아들여지지 않았다.
15) 憤恚(분에) : 분노가 끓어오름.

찾아보기

[영인]

≪호남의록·삼원기사≫

조선대학교 도서관 소장

여기서부터는 影印本을 인쇄한 부분으로 맨 뒤 페이지부터 보십시오.

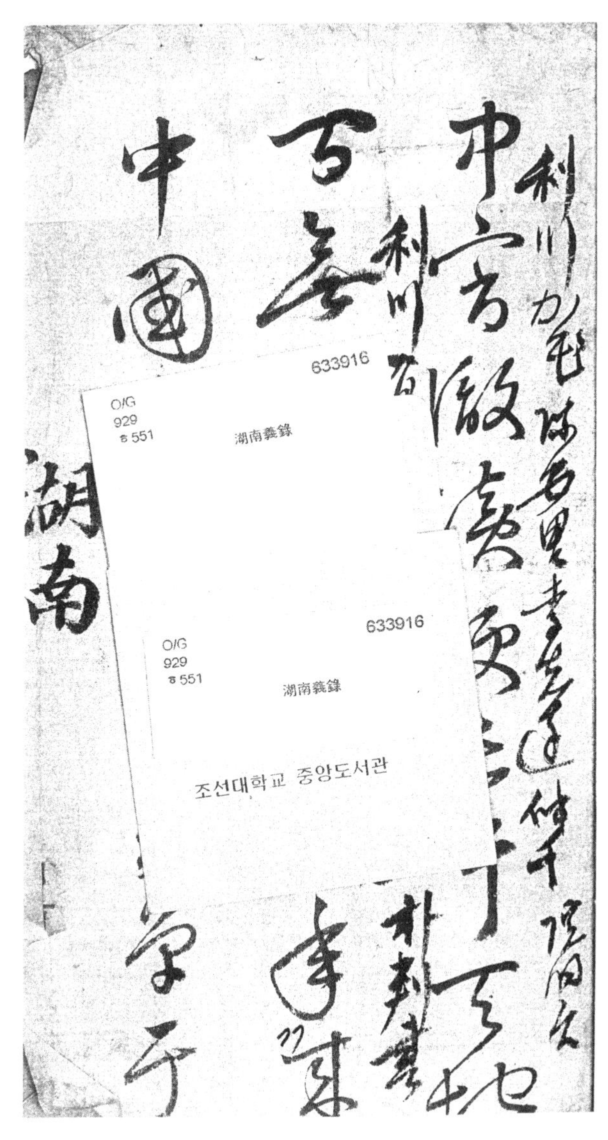
中國
中
湖南
百
中
利川
利川
利川
633916
O/G
929
ㅎ 551
湖南義錄
633916
O/G
929
ㅎ 551
湖南義錄
조선대학교 중앙도서관
朴

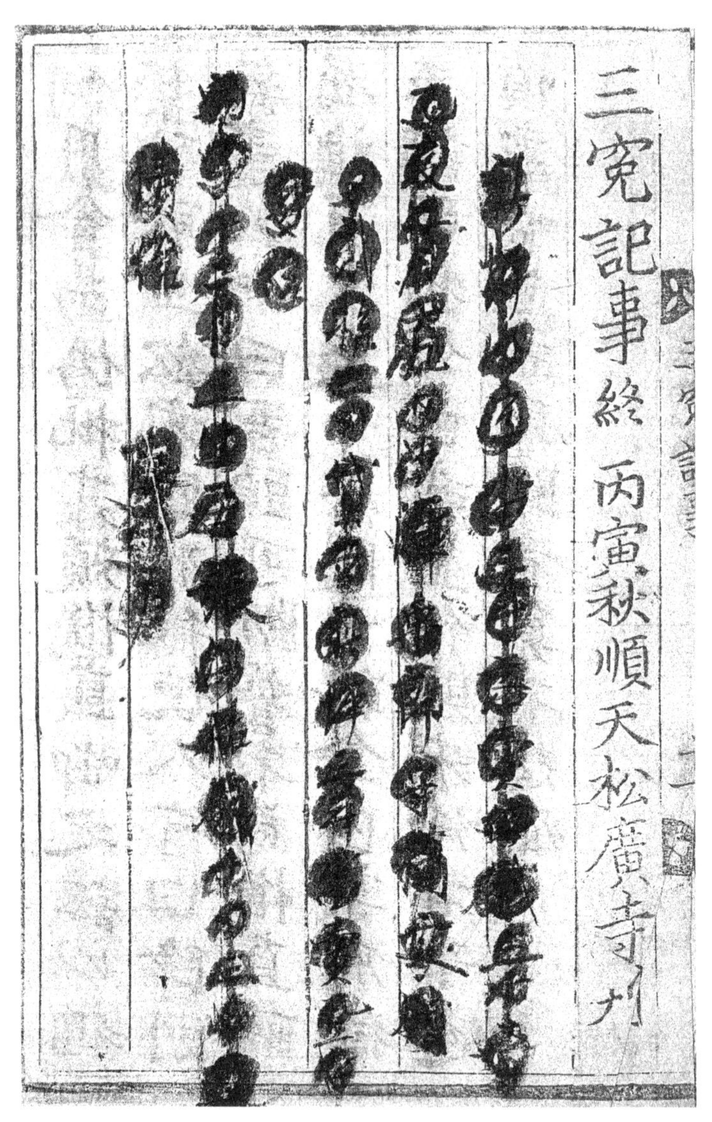

何用貪為仍批其頰惟直唧之誣以犯
禁斫取生松木囚府獄使人言曰降則
無事公吥曰吾頭可斷誓不為惟直所
屈惟直大怒　啓聞于朝拿囚禁府獄
率請賂物公曰我豈行賂求活者乎遂
憤恚嘔血而死聞者莫不悲痛

令巡察使黃愼查覈希斡萬端撝愼
頗惑之然猶不敢成罪只以功過相準
回啓遂罷其兵後以公論陞堂上爲
臨淄僉使未幾罷還公性太剛凡所激
觸雖名卿大官必折辱之以此人多惡
怒左水使李惟直當與公飲酒公乘醉
語侵惟直貪汚惟直怒公曰汝若怒則

賊平明公躍馬奮劍後後獨當喊聲動
地賊不敢追士女皆得全賊退縣令李
希幹自山谷間出隱然有希望之心欲
自領其軍公不肯其軍皆縣人希幹因
其父母妻子盡棄之以尹美亨為副將
未十日遇賊於人物驛一軍全沒希幹
愈懷慚憤極力誣陷期於必殺　朝廷

人賊日日来侵終不敢登撤兵而還賊
以大兵過山下公遠旗吹角大呼放石
曰何不決勝負而過去乎賊遂回軍陣
于西峯上使人呼曰汝雖恃險乢中無
水泉久圍不解汝必渴死須講和下山
蓋我國被俘人以無水告故也公不得
己倅許和各遣人為質夜絙下士女避

何爲出此言談使國亡君等欲事二姓
乎遂張目按劒諸武士皆散走公太息
而還僅募得精兵數百出入沿海勤捕
諸賊光陽之戰公夜入城中斫營及出
城九中于髀公以刀割肉出九血流漏
席言笑自若人皆壯之及賊大至公入
禮星山據險士女隨之者無慮數十百

武游凡三日夜勺飲不入口飢困垂死
而猶手握大刀弓矢終不肯捨得脫虎
口纔還于家又以單騎挺身勤王行
至綾城縣時南原陷沒賊兵充斥道路
不通公曰留縣地欲招募義兵聞辟亂
武士多聚山谷親徃勸之皆曰京城淪
息未聞不可輕易起事公厲聲曰君等

堡村亂掠民家鷄犬公縛其奴而杖之
幾死舜臣大怒拿致公於營門將加酷
訊公大呼曰縱奴作弊既云不可又欲
殺無罪之人將何以號令三道乎舜臣
大奇之即命解縛留置公于幕下屢立
戰功後舜臣遭讒被拿九均代領其衆
公仍屬焉丁酉開山之潰公投水武洄

死後十七年癸丑以孝行旌門

金大仁

金義將大仁居順天府家世素賤少嘗
為僧中年長髮還俗丐食資生後登武
科壬辰亂初公在石堡村村與左水營
相接時左水使李公舜臣新為統制使
威振三南一日舜臣着頭數人来到石

至公持晝感激不已人皆曰金某孝於
親忠於君又盡節於師可謂得生三事
一之義矣及還世恭又以前日豪強獄
事未訖喉憲府移文本道囚羅州獄丁
酉倭寇陷南原公尚在獄賊逼羅州乃
得出還家陪母夫人入山避兵中路遇
賊賊將害母夫人公躬呼抱持與之同

官感動至此乎公鞭然而應曰當栲掠
時不知其苦倒如椽之杖揮著脚骨其
痛訇然如琴中大絃音坐客皆大笑出
獄之明日令其子忠元奉書問牛溪先
生於坡山友人止之曰君前後禍胎皆
以西人之故況今牛溪方被讒誣席禍
侯　命君可姑止公不聽及牛溪答書

以手扶兩脚而整之端跪著署惟謹訊
罷将遷獄從容起立趍出如常金相為
之感動曰真義士也此人若死吾輩後
世必得殺士之名郎曰回啓救解有
瞯刑不亂所言皆忠直寺語上郎命
釋之知舊相與往慰仍問公曰嚴廷栲
撩之酷壯士難當君何從容自若使委

金相應南為委官主鞫獄公以必死自
分　上命先問德岭叛狀於公公極言
德岭為國盡忠保無他心之狀及受訊
拷掠甚酷公辭氣自若金相問曰汝受
重掠何無痛苦之色公答曰杖落我肌
如何不痛恝尺　宸禁豈可使賤臣慘
痛之聲聞于天耳乎及再訊供辭公

人教其一而成劑其一則應有逸失之
患言于府吏托賓官牢羊群中府使李
景麟希世恭旨以爲民家所畜私自托
賓官府事涉陵侮土主牒報世恭請治
其罪世恭大喜曰此攘揑百端誣以豪
強囚府獄　啓聞于朝會迕變起德岭
被拿公亦拿囚禁府時世恭已遞入京

召妻子不免飢寒而憂之常若有裕不
知者以狂生目之壬辰義兵之起皆公
之倡首也其妻弟金將軍德齡有勇力
公又勸之起兵公曰留幕下參謀會與
世恭為巡察使以公與鄭左相澈親厚
欲陷之而未得其端時公母夫人患眼
疾醫云羊肝圓有神效公求得二羊於

餘皆不答鄭相乃袖草而退自是
無敢復為公言者遂加嚴刑死於獄中
知與不知莫不痛惜後李知事迁醮上
颙訟究請　贈戰不報

金應會

金別坐應會字時挺居潭陽府孝友出
天自少偶儻不屑於世間事家無甍

執縛相顧默然公謂先文曰其盧名過
實發有此禍若不嚴具器械令公亦必
得罪備坐揮涕乃誡轝以送至雲峯與
渚相遇渚遂監押以来時言恐真徽事
不成又陰嗾逆黨二人援引公金鄭二
相又力救鄭相則至扵草救解答辭
以示鞫廳金相曰此辭至當請聯名入

何易言也即命潛親往遠捕前日彼
拿騎公乃乘馬予食數日至是其馬又
不食十餘日公心甚憂之乞文既得密
言以書請公曰切有面議事可即馳
卒公曰此必朝廷有命捕我也俁
馬而進乞文與諸將同坐迎公入以密
音示公公免冠下皆俯伏諸將不忍

又移書朝著間士大夫言公有叛狀其
書轉入闕內　上大驚欲下大拿　命則
恐其立叛先以家　旨諭鄉元帥棚懷
晉州牧使成允文設謀捕送未幾時言
密　啓至　上問諸大臣曰德岭能飛
行空中云何以擒乎承旨徐禤曰德岭
萬無叛理一武士之以械未　上曰汝

有一人犯罪公斬之忌之者乘時誣以
無端殺人拿囚禁府賴鄭相琢力救得
免　上引見賜以　御馬一匹俾　命
還陣時忠淸兵使李時言慶尚右兵使
金應瑞寺在忌公欲殺之會逆變起時
言分遣其腹心十餘人傳檄訛言於道
路以分爲逆黨謀主使人心懼時言

振勇士武夫雲合霧集遂領軍入嶺南
賊聞之撤諸屯留屯之賊合爲大陣以
拒之會朝廷以講和事止公毋進公
仍留山陰居昌等地後移兵晋州屢請
出戰朝廷不許又有忌其成功者指
吠沮撓於是公知大功不成將有禍患
感激成心疾唯日飮酒淊憂而已隣邑

三寃記事

金德玲

金將軍德玲字景樹居光州有絕倫勇
力以氣節自許年甫三十人無知者壬
辰之亂公丁內艱家居時官軍義兵慶
慶奔潰國勢岌岌之際不可收拾公嫂夫
金別坐應會與同志勸公起兵威聲大

歸美今吾只擧湖南義士余所詳
知者以爲是善其意不逼如此而
已容釋然而退因記其語跂于毛
以志余編集是書之意云
萬曆紀元戊午孟秋竹山安邦俊
跋書

湖南義錄終　天啓丙寅順天縣松廣寺刊

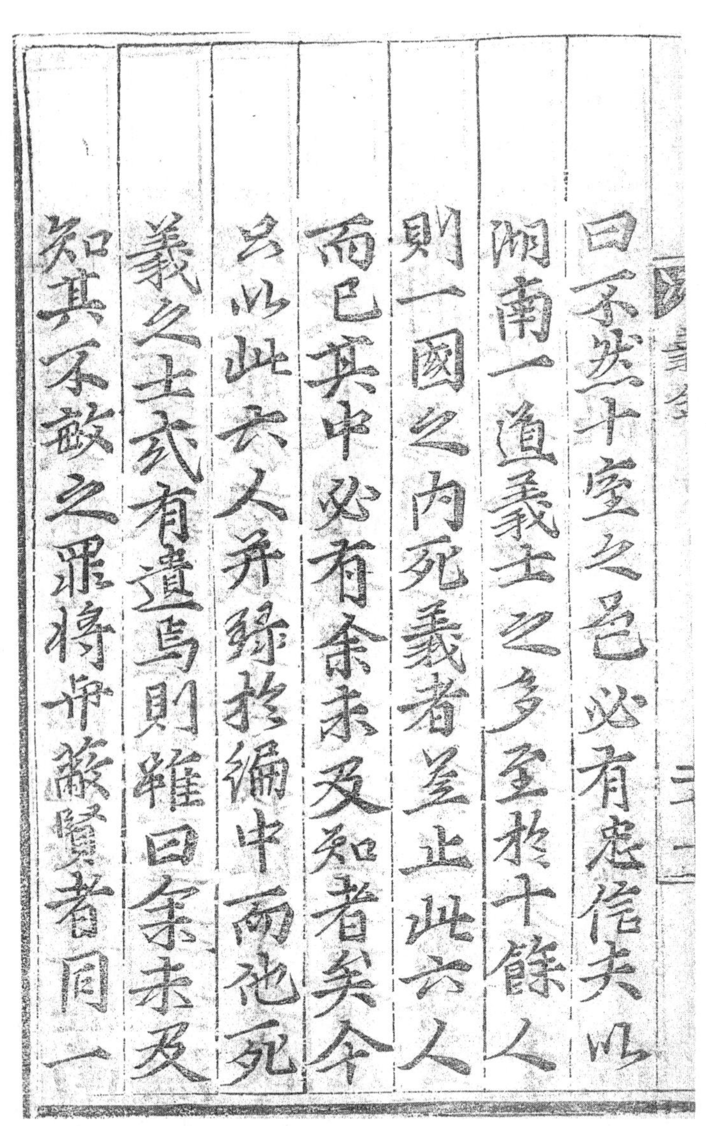

曰不然十室之邑必有忠信夫以
湖南一道義士之多至於十餘人
則一國之內死義者益止此六人
而已其中必有余未及知者矣今
之以此六人并錄於編中而他死
義之士或有遺焉則雜曰余未及
知其不敢之罪將帥嚴賢者同一

良之義不退坐甘心一死綏遠海南

應井之源浹數日踵死重峯李金海

仁宗之腋挾兩賊大呼投江李兵使

福男之昌入圍城同一死天兵真精忠

壯欲又無間焉者即弃之景慕三

延於十餘人之下或客曰然則子

何不以此六人并錄於編中子余

杜門聞見不廣人之爲言亦或不
公一道人物尚不能詳知況於遠
地其何能浮真毁譽之真乎此余
所以不敢不謹非有一毫私意於
其間而去彼取此也至如宋東兼
賢象之君臣義重父子恩輕金義州
峋決之因恥未雪壯心成灰劉助防

可使吹竽混真於其間也盖此十
餘人之孙或不無明白死義之人
而余未及知者則吾將以俟夫後
之君子而續筆焉客曰亂後死義
者固不止湖南子只以湖南義士
編為一書而他死義之士則不得
與焉亦有意乎余曰不然余病廢

客有難余者曰此編所錄有關世
教誠爲可嘉抑壬辰丁酉之亂吾
湖南文武士夫死於兵鋒者不可
勝數而子只取崔兵使以下十餘
人何也余曰不然彼文武士夫之
死於兵鋒者豈盡皆明白死義之
徒子若死義之跡不甚明白則不

歎服曰子為我記其事蹟為一通
以来吾當作序跋附于篇末以圖
不朽也余雖雄而退憂患況埋径
箕十餘年未及就稿而月汀邊捐
館舍矣余惜其志之末遂痛傷特
深獨憂溪堂追思月汀之言仍編
集是書名之曰湖南義録書既成

姜吳以下　詳載晉州叙事
嗚呼余往在丁未年間嘗拜月汀
先生於門下終日陪話月汀曰湖
南古稱多節義之士壬辰之亂死
義者幾人高招討金倡義外吾未
之有聞也余以崔兵使以下十餘
人言行事跡一一陳列月汀大加

帥請為副將晋州城陷力戰而死

吳正宇玭居光州以氣義自許常欵眼
高門忠孝及高臨陂起兵玭從事幕下
晋州城陷與臨陂同赴水死

金麟渾居珎原縣河西先生後弟也有
膽略高臨陂起兵麟渾叅謀幕下晋州
城陷與臨陂同赴水死

傳誠可痛惜今於此記其一二以俟他
日知言者云
姜奉事希悅居光陽縣壬辰募兵討賊
號奮勇義將晉州守城諸將多謀避希悅
獨領兵馳進城陷力戰而死
吳奉事宥居寶城郡壬辰亂盧國元帥幕
下最見倚重高臨陂起兵再三牒報元

陷奴泣請曰其處水淺可以潛身得渡
立之曰汝但遠出歸報一家遂與崔兵
使同赴水死噫立之在家則田畝間一
布衣在軍則不過一褊裨耳雖從死可
也不死亦可也臨危不避死而無悔非
其素定之能若是乎子孫早歿諸孫尚未
生長世無好善者至今數十年惺沒無

崔主簿希立字立之居南平縣少有膽
勇以義氣自負壬辰變從高招討錦山
敗後又屬崔兵使為別將戰功最多援
主簿之職癸巳五月立之甚臺疾留咸
陽起僅得蘇六月聞晉州事悉同晝夜
馳進則賊已逼城立之躍馬突圍揮釰
大呼曰我是崔某城中開門納之及城

欲徵以爲旣與同事義不獨生遂入城
城陷與崔兵使同起水死賊退本縣士
子再三陳疏請㫌表其閭監司守令置
諸尋常迄未蒙褒典尤有血氣莫不憤
惋最後諸生相與私採衆論配享崔兵
使祠宇　崔希云

平是以京鄕語及南中人物遂以汝徵爲巨擘壬辰之變與若干同志從高招討軍錦山敗後又推崔兵使慶會爲盟圭吹徵因衆謀幕下軍中諸事非汝徵不能辦人皆歎服癸巳六月義兵諸將自咸安入晉州城崔兵使謂汝徵曰君輩徒往死無益不如直還本道以謀再舉

免而會元義不獨生遂與金公同赴水
死丁酉之變會元妻李氏入僧達山避
兵遇賊挾佩刀自到而死

文弘獻

文進士弘獻字汝徵居綾城縣孝友之
行信義之操為儕輩所推許時湖南士
類分黨角立互相詆排惟汝徵持論和

留仕者會元固辭而還癸巳金公守晉
州城使會元請救扵天將會元辭氣
凍慨言凄俱發天將歎服猶不肯出
兵及還賊已逼城會元同行數人皆還
走會元远曰臨危苟免使主將獨陷死
地其可乎自南江入城一軍皆溺會元
坐長水邊自少善泅游及城陷力不可以

輕彭孫之孫䎱五應鼎之第三子也居
羅州當出入牛溪先生門下見時事日
非緣絶意科業卜居于刑南三鄉里去
本家百餘里每省親必徒步習勞主眼
會元募得精兵數百人推金公千鎰為
盟主八江羣會元百江羣晝伏夜行奉
問符在持命除工曹佐郎朝臣有勸

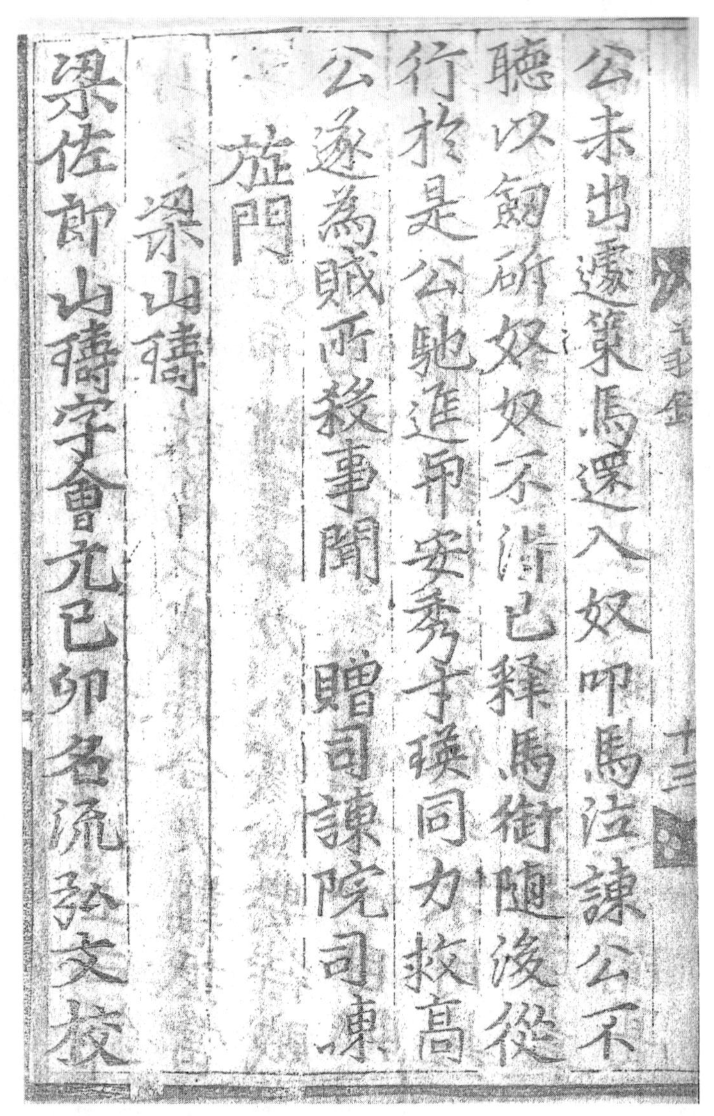

公未出邊策馬遲入奴叩馬泣諫公不
聽以匈奴奴不清已釋馬銜隨後從
行於是公馳進邛安秀于瑛同力救高
公遂為賊所殺事聞　贈司諫院司諫東

旋門
梁山疇

梁佐郎山疇字會元已卯名流疑文校

使孝幕下真越錦山公請諸將士曰錦
山之賊其衆數萬以我為合夾難抵當
吾意莫如師諸軍并力分據險要待賊
驕惰選精銳四合擊之可也公一目眺
容貌不揚幕下諸將士皆侮之不用其
計遂進兵軍潰之日公帥高公異屢意
高公已脫帛諸將士同時走還及聞高

柳彭老

柳學諭彭老字君壽居玉果縣性至孝
登文科後無意於仕進人勸之仕則曰
吾非不欲仕不可以力致蠅營狗苟非
余本心其恬於勢利如此時人莫知其
賢屛居田間十餘年壬辰公佈列邑多
士會潭陽府崔高公敬命爲盟主公曰

高公曰我當止死君可速出疑然不動
元瑞扶高公上馬高公不閑騎馬墮地
馬逸元瑞以其所乘馬授高公而元瑞
步從于後賊既逼高公勸元瑞避走元
瑞不肯及挪學諭彭老至元瑞吊挪公
同力教高公遂與同死事聞　贈掌樂
僉正　旌門

瑞聞避亂士女多在江華欲徃問李氏
去慮賊兵四合道路不通元瑞晝夜踵
泣會高招討起兵將入江華元瑞遂詣
招討軍中欲日以尋母元瑞時未知名
幕下諸生皆高談大言藐視之元瑞惟
日隨行逐隊而已及軍敗諸生一時散
走元瑞獨不去請高公且退更圖後舉

二人而已及城陷公與福男及諸莊士
奮鉋砕賊力盡而死

安瑛

安秀才瑛字元瑞巳卯名流弘文校理
慶順之曾孫李判書後白之外孫也居
南原府事親至孝壬辰元瑞方在南原
莅上母夫人李氏在京弟遭亂相失元

軍中曰顧後者留不顧後者去軍中罪
士林士羲等顧後者百餘人於是自鼓
龍山下直入城中賊陣雲集城南前野
彌滿數十里之間公與福男望見賊屯
相卨抵掌大笑曰掄身報國此其時兵
遂揮兵直進鳴螺吹角了無怖擾之色
楊揔兵為之感動嘆曰東國男子惟此

南原圍急皆倍道丞進相遇於淳昌公
謂福男曰晉州天險之地兵且數萬而
見陷於旬日之內今此南原形勢不如
晉州楊摠兵只有三千兵馬我國諸將
無一人來援不出數日城必陷矣豈可
使天兵擂死於我國之事乎福男起
而執其手曰公言正合我意遂與公令

贈兵曹參判

金敬老

金助防敬老居南原府少時嘗從擧子
業中年投筆登武科陞堂上丁酉開山
之潰賊分三道長驅入南原各鎭列邑
望風奔散閫帥諸將持不知所去時公以
助防將留全州李兵使福男駐順天聞

徐禮元為奸使巧誅無狀人心不服及
賊至又稱病求出城軍皆憤怒倡義使
與諸將相議以 公權代禮元啓聞于
朝於是城中各勸心力有固守必死之
志公遂與忠清兵使黃公進金海府使
李公柔仁寺協力防守賊不敢逼未幾
公與黃兵使相繼中丸城遂陷事聞

獄中囚拘何異嘗為鉢領萬戶見忤於
水使即日解印去其志亦如此而人無
知者皆以尋常武夫視之沉滯累年惟
辛射獵壬辰亂作公以守城將畱本府
會任眞實啓英起兵請公為副將公彌
令嚴明信賞必罰帥士卒同甘苦任乃
悉以兵事委公癸巳領兵入晉州城時

将張公潤金海府使李公宗仁寺協力
防守賊不敢過未幾公與張副將相繼
中丸城遂陷事聞　贈右資成　旌門
張潤、
張副將潤君順天府自少克儉登武科
不以干謁為事人或勸之仕則曰以仕
為惡者必受制於人在事不得自由與

先登突巫射殺前鋒數千賊敗走俄而
賊又火舉至黎峴鐵丸如雨聲震天地
諸將皆退縮公搦與魏大奇孔時億等
若干人終日力戰公凡中丁脚猶奮激
亂射賊大敗而走伏屍數里新我軍則
無一死傷者由是湖南得全以功陞忠
清兵使癸巳領兵入晉州城與義兵副

信使裨將往日本一行皆以所得銀兩
貿貨寶公獨以重價買賣鉤兩口一行
問其故公曰此賊不久渡海其時吾當
用此鑰人皆笑之立派公爲同福縣監
每衙縣探甲馳馬輒十數里而止及亂
佐公典列邑宣兵分據險要以截賊自
嶺南繼藩曰賊數千騎騙至熊峙公

催鼓百衆寡不敵皆退縮公奮臂大呼
曰見賊而走何謂義兵即挺身前突賊
陣光是諸軍皆還集力戰賊大敗公乗
勝進擊中丸而死人皆痛惜

黃進

黃兵使進居南原府少有大志不拘小
節人皆以豪俠目之登武科庚寅以通

啓遂起兵張公潤為副將公國後其軍
為別將每出戰公必着紅衣先登突擊
賊畏之見紅衣輒不敢出一軍恃以無
恐張副將常戒之曰國家兩恃惟在義
兵義兵所恃惟在於公公勿輕散終成
大功公曰丈夫豈惜死乎死於國事吾
志也星州之戰賊兵無慮千餘人我軍

義士辰公聞健川軍敗即以單騎入京
勤王至全州參禮逢金公誠一闖京
城夫守公伏地痛哭欲追及於　行朝
金公曰賊兵四合道路不通公不如與
我同事招募義兵公従之遂　同行下嶺
南有一人素不悅公者亦未嘗幕下公
不辭而還治任將入　行朝會任眞實

指揮洗還全州乃傳令列邑收聚諸軍
直向京城公有請為先鋒龍仁之戰洗
以其遍令祝公重傷公嘆曰寧為賊所
蕃遂突陣而死人皆憤惋

蘇尚真

蘇別將尚真居實城郡少從事武藝數
奇不成一名不生所為未嘗有一毫非

何至此公曰中心所激不得不爾曰言
鄭賊再三請見連駁二縣之事及迷變
起人始服其先見主辰公丁內艱家居
聞李洸罷兵馳到公州謂洸曰君父播
越臣子固當挺身赴難公擁重兵作藩
翰今日罷兵有何意乎遂瞋目叱洸
驚惶失措謝曰吾未之思耳此後惟公

公所居與鄭賊甚適鄭賊再三請見公
不徃鄭賊卿之公為孫㴑固城二縣宰
鄭賊軋唉臺官駁遞之公終不動巳丑
為北青判官時重峯趙先生以言事論
配吉州凡所經州縣知舊守令率多畏
禍畏縮莫敢出見至府界公盛備酒饌
待之趣敎重峯曰吾與公未嘗一面今

事嘗試之功也事聞　贈節度使　旌
門

白光彦

白僉使光彦居泰仁縣少有勇力登武
科墮堂上性懷慨尚氣義好善疾惡人
皆敬憚時鄭賊汝立附托時輩勢焰薰
灼一道文武之士皆欲結知爭趨其門

薵外洋賊大至諸將皆退走公大呼曰
諸將任意進退今曰吾得死所矣衝冒
突進撞破賊舡不知其幾賊敗走後賊
又連曰大至輙爲公所敗公乘勝追擊
中九而死是時賊勢鴟張人莫敢嬰其
鋒敢以舟師擊賊公實倡首自此諸將
皆爭先赴敵舜臣之閑山大捷皆公首

一駒自隨其剛果清苦皆類此由是沉
滯累年壬辰公為鹿島萬戶亂作左水
使李公舜臣以戰艦屯于水營前洋不
敢進戰公按劍而前瞋目謂舜臣曰賊
臣破嶺南柔勝長驅其勢必水陸并進
公何持重至此無意出戰乎聲色俱厲
舜臣氣懾不敢違公遂自請為先鋒直

鄭運

鄭萬戶運居靈巖郡自少慷慨有俠氣
每以伏節死義自許登武科嘗為居山
察訪監司陪衛信使人俗稱作弊公枕十房
之監司不悅公即棄官歸未幾為熊川
縣監見忤於監司又即日解印去俄陳
濟州判官又以忤牧使見罷歸舟不以

起兵任領左道諸軍所謂左義兵也公
領右道諸軍所謂右義兵也於是俱領
軍入嶺南公豪事精敏號令嚴明人情
皆以 公為特癸巳領兵入晉州城之陷
與幕下士文弘獻寺同赴水死事聞
贈左贊成錄用子孫賊退後鄉人立祠
以忠烈祠 賜額旋門

湖南義錄

霽峯高先生父子倡義金光生父子兩家事
跡非但國人知之至於流入中朝名聞天下
又有傳信文字已盛行于世故今於此編闕
而不叙後之覽是書者此意不可不知也

崔慶會

崔兵使慶會宇善遇居綾城縣登文科
壬辰公丁内艱家居及高拈討敗死諸
將士又推公為盟主時任真實啓英亦

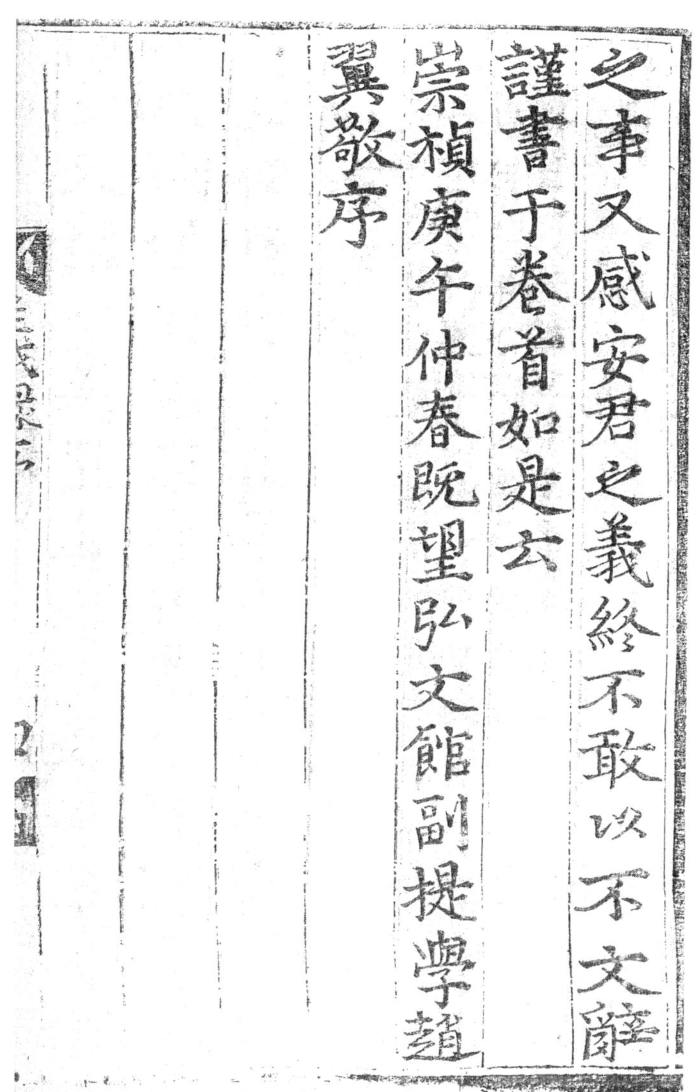

之事又感安君之義終不敢以不文辭
謹書于卷首如是云
崇禎庚午仲春既望弘文館副提學趙
翼敬序

怨嗚呼其賢矣弑安君既編集重峯先生
遺文事蹟爲抗義新編衍于世今又爲
此錄安君之慕義誠至矣其用心誠勤
矣忠臣義士烈烈之蹟將賴而不泯其
有功於名教大矣而此十六人者其亦
感泣於真乎矣安君既以錄入諸梓以
書千里而走京師求余序余既感義士

姿在春夏間其色與凡草木無異特至
歲寒其絶異者乃可見甫此十六人者
其平生志節實有大過人者故其於世
必齗齗無所遇不然其餘捨生於危難
之日乎夫其生既窮於世臨難視死如
歸其事誠可悲而亦見世之薄於賢者
也然自其人言之求仁而得仁雷又何

物奉身者猶愛之不能捨況其身之重
焉如何其能以義爲重視其身如鴻毛
非志士仁人能如是乎此十六人者其
志豈不烈乎吾其身猶輕之如是況
於外物乎彼終身役〃於利者聞此義
士之風得不少愧乎孔子曰歲寒然後
知松栢之後凋松栢雖有堅剛絶異之

君居湖南以其聞見所得詳也而如霧
峯倡義其事已失傳昭在國人耳目至
聞於天下故不載焉維此十六人名位
不甚重或在行伍其事不能遠傳恐寢
以泯滅矣嗚呼人之生孰不自愛其身
裁至於利祿貨財外物也人常貪求不
已得之又恐失之無他以其奉身也外

趙死而不顧者前後相望此其人事業
之大小人品之精粗雖或不同至其明
白甘於一死不求苟生則一也其精忠
大節皆可上貫白日鳴呼其敬矣夫吾
友安君士彥記崔兵使慶會以下十六
人事蹟爲一書名曰湖南義錄蓋當時
國內死節者何限而獨記湖南人者安

嗚呼壬辰之禍可謂酷矣三京丘墟八
道魚肉　大駕越在龍灣將朝暮渡江
國家之不亡其危如一髮耳于時死義
之人不可一二數而其在湖南則高霽
峯金倡義起於田野首事擧義俱死於
賊其餘慷慨奮發戎從官軍戕後義旅

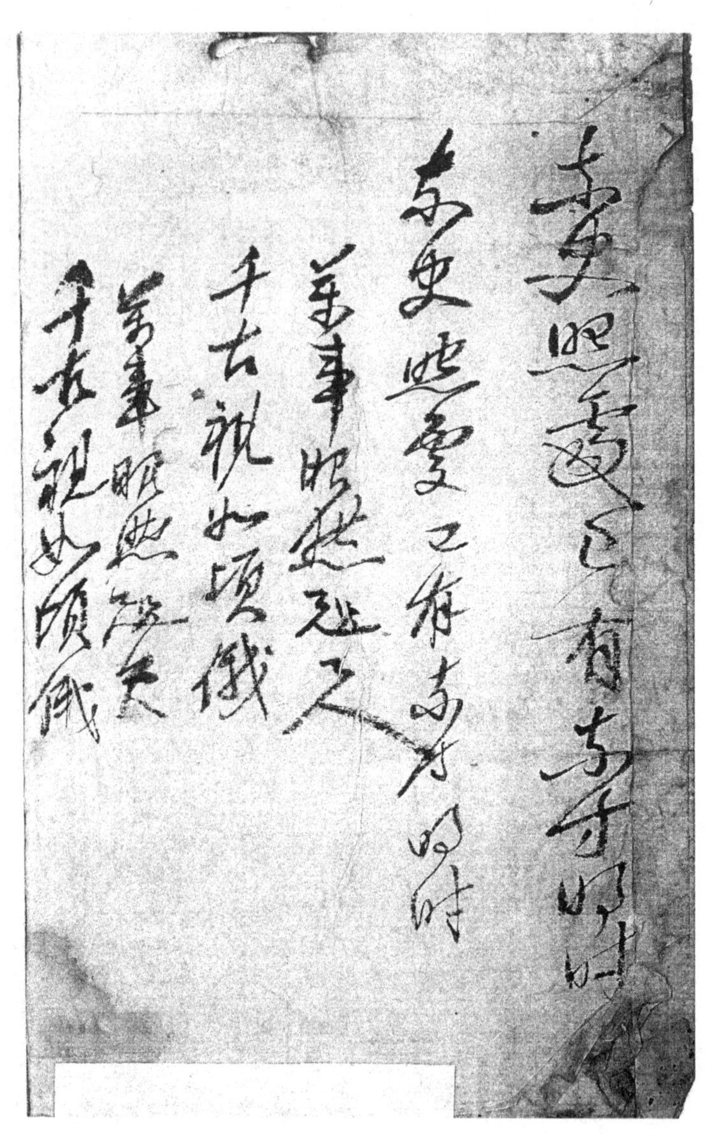

≪호남의록·삼원기사≫ 影印

1626년 송광사 간행, 조선대학교 도서관 소장

여기서부터 영인본을 인쇄한 부분입니다. 이 부분부터 보시기 바랍니다.